祖国のために死ぬこと

第一次世界大戦の〈英国〉の文学と文化

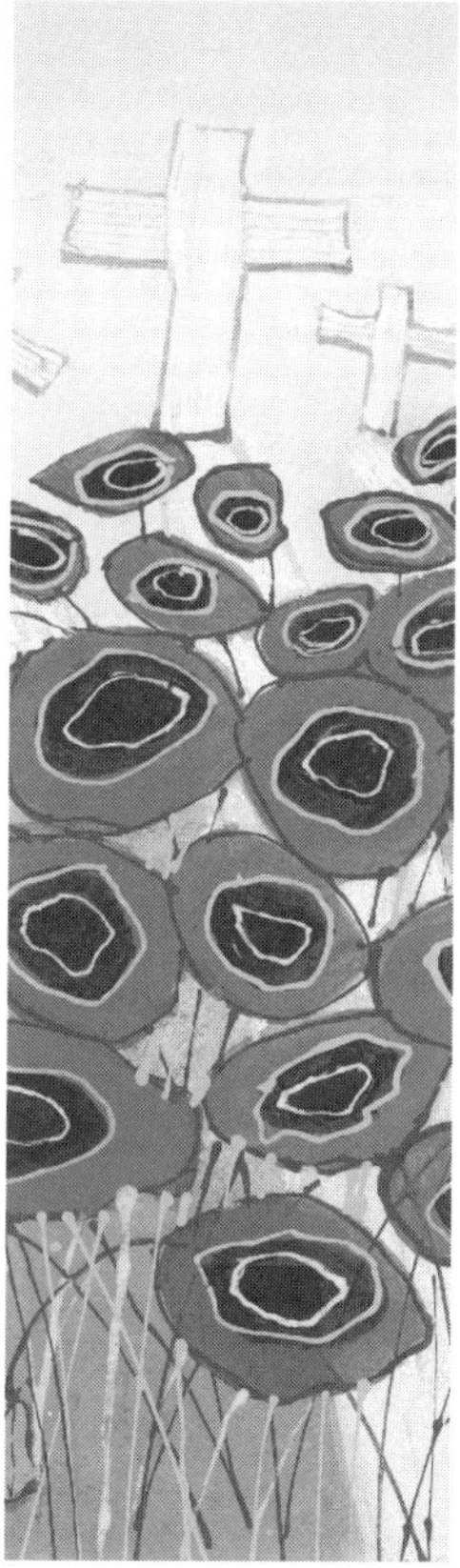

荒木 映子 *ARAKI Eiko*

溪水社

父と母と妹
Hilke & Frank に
感謝をこめて

祖国のために死ぬこと　――第一次世界大戦の〈英国〉の文学と文化

目次

第一部　祖国のために戦った詩人たち

第二部　アイルランドと「祖国」

第三部　祖国のために死んだ人たちを弔う

第1章　死者の顕彰——戦争墓地と戦争記念碑をつくる……199

祖国のために死ぬこと

――第一次世界大戦の〈英国〉の文学と文化

はじめに

戦死は美しいか？

紀元前一世紀のローマの詩人ホラーティウスは、『頌歌《カルミナ》』の中で「祖国のために死ぬことは美しくかつ誉れなり」（'*Dulce et decorum est pro patria mori*'）と書いた。若者が軍務について、忍耐と剛毅と信義をもって生を送るように説いた節（第三巻第二番）の中のこの言葉は、今も頻繁に引用される言い回しの一つである。第一次世界大戦のイギリスの戦争詩人の一人、ウィルフレッド・オーウェン（一八九三―一九一八）は、ガス攻撃を受けて瀕死の状態にある同胞兵士を描いた詩「美しくかつ誉れなり」（'*Dulce Et Decorum Est*'）の最後に、この言葉を引用している。

もしも息苦しくなるような夢の中で、君が僕と同じように
彼が投げ込まれた四輪車のあとについて歩いていて、
彼が白目をむき、顔はがっくりとたれさがるのを見たとしたら、
――そのさまは、罪にむかつく悪魔の顔さながら――
また、車がガタッと振動するたびに、血が
泡のこびりついた肺からゴボゴボと音をたてて流れ出すのを聞いたとしたら、
――その血は癌のように忌まわしく、罪なき舌の上にできた

汚い不治の腫れ物のおくびのように苦い――
友よ、君は名誉を必死で求める子供たちに、
熱意をこめて昔からの嘘を言おうとは思わないだろう。
祖国のために死ぬことは
美しくかつ誉れなり、と。

ホラーティウスの言葉を「昔からの嘘」と断定したこの詩は、戦争が終局を迎えてからのイギリスにおける大戦観と大戦文学の特質を決定するものとなった。戦争文学がはっきりと反戦文学となったのは、オーウェンのこの詩「美しくかつ誉れなり」からだとよく言われる。しかし、本当にそうだろうか。

ホラーティウスの「祖国のために死ぬことは美しくかつ誉れなり」という一節のもとになったのは、スパルタの前七世紀の詩人テュルタイオスの「エレゲイア詩」の断片であるという。(1)

死は美しい。前線で戦う
　勇敢な戦士の、祖国を守る戦のさなかの死は美しい。
　……
もう膝が軽くは動かぬ、年寄った
　老人たちを見捨てて逃げるなかれ。

まったくもって恥ずかしいことは、最前線の兵士のあいだで、
　年嵩の戦士が若者たちの前で倒れていること。
　……
……　だが若者には何でも似合う、
　美しい青春のまばゆい輝きがあるかぎり。
男たちが彼を一目見たいと願い、女たちが彼に惚れるのは
　生きている間のこと。彼が美しいのは、前線で戦って倒れたとき。
　……

最前線の兵士の間で、白髪が混じった年嵩の戦士が倒れているのは、恥ずべきことだが、青春の輝きの中にある若者が前線で戦って死ぬのは、美しいと歌う。テュルタイオスは、出陣の際このような歌を歌って戦士を激励し、熱狂させて、戦闘で命を惜しまないようにさせたそうである。こういう詩を書いたテュルタイオスは、「体制側を代弁するスタンス」に立つ、桂冠詩人のような働きをしていたのではないかと、推測されている[2]。

戦死を「美しい《カロス》」（κάλος）ととらえたのはテュルタイオスが最初で、テュルタイオスに先行するホメーロスにはないらしい。吉武純夫によれば、一般兵卒の死の意義が、感官にかかわる響きをもつ「カロス」という語で肯定されたのは、テュルタイオスが初めてであるという[3]。

ところが、古代ギリシャ、ボイオティアの前五世紀の詩人ピンダロスは、運動競技会で勝利した

者を讃える歌を書く一方で、「戦争は、それを経験したことのない人には美しいが、経験した人は、戦争が近づくだけで打ち震える」と、ホラーティウスやテュルタイオスとは正反対のことを言っている。この言葉は、ラテン語の格言 *'Dulce bellum inexpertis'*（「戦争はそれを経験したことのない人には美しい」）となり、オランダの人文学者デジデリウス・エラスムス（一四六六―一五三六）の『格言集』（一五一五）にも、戦争批判として引かれることになった。(4) エラスムスはキリスト教的人文主義者の立場から、『平和の訴え』（一五一七）という短い平和論を出し、戦争廃止を訴えている。

こうした例から言えることは、古代ギリシャ、ローマにおいて、戦死がいつでも美しく、讃えられるべきものであったわけではなく、時代や詩人の置かれた政治的立場と無縁ではなかったということである。テュルタイオスのように、戦争のチアリーダーとして利用される場合もあった。オーウェンの詩のおかげで、ホラーティウスは戦争の暴力や残酷さに目を向けず、甘言を弄して若者を戦争に引き込む詩人のようにされてしまったが、それは一方的な決めつけかもしれない。『頌歌』のその部分をもう少し引用してみよう。

祖国のために死ぬことは美しくかつ誉れなり。
死は逃げようとする男子にも追いすがり、
戦いを厭う若者の膝や臆病な
背中を見のがしてはくれない。(5)

死は戦う者にも逃げようとする者にも襲いかかるものであるから、それならば祖国のために身をさ
さげるのがいいと言っている。この三行が続くことによって、一行目のニュアンスは少し違ってき
て、無条件に戦死と名誉を讃えているのではないように思われる。

ホラーティウス（前六五〜前八）は、カエサルの暗殺に続く二〇年に渡るローマの内戦を経験し、フィリッピーの戦いにブルートゥスとカッシウスの側に立って参戦したが破れ、かろうじて助かっている。敗軍の側についた彼がこの『頌歌』を発表したのは、内戦が終結し、ローマが平和を取り戻してからであった（前二三？）。逸見喜一郎によれば、ホラーティウスは戦中戦後の政治体制を抜きには語れないこと、この時期は、「敗者の側に立った者達を慈悲深く受け入れて、国民和解を演出した」アウグストゥスの治世下であり、その恩恵にあずかったホラーティウスがアウグストゥスを持ち上げている箇所があること、また、ラテン文学はギリシャ文学を強く意識していて、ホメーロスの「名誉こそ命にまさる」という貴族的規範をからかうという詩のジャンルがあったことが指摘されている。(6) 当時の政治状況からギリシャ文学の影響まで考慮に入れないと、一筋縄ではホラーティウスは理解できないようである。「祖国のために……」という片言隻語をもって、オーウェンがしたように、ホラーティウスを好戦的愛国主義者と断罪することは早計であろう。

このように古代ギリシャ・ローマにおいても好戦的、反戦的、あるいはその中間的立場にたつ詩が書かれている。ホメーロスやホラーティウスの世界とは全く異なる世界に住んでいるわれわれは、当時の詩人がどのような立場や状況下で戦いについて書いたかをまず考慮に入れなければならない。

変遷する「祖国」、持続する「名誉」

もう一つ考慮に入れたいのは、ホラーティウスのいう「祖国」と、オーウェンにとっての「祖国」との違いである。古代人にとっての「祖国《パトリア》」と、一八世紀末以降に醸成されてきた「国民国家《ネイション・ステイト》」には大きな違いがある。そして、中世キリスト教社会においても、「祖国」の指すものは変わってきている。

フランスの歴史家ド・クーランジュの『古代都市』（一八六四）によれば、古代人にとって「祖国」とは、「祖先の地《テルラ・パトリア》」を意味し、それは、祖先の遺骨がおさめられた神聖な土地であり、祖国の観念は、近代人が考えるように抽象的なものではなく、日々の祭祀と霊魂に対する強い信仰に結びつくものであった。祖国の範囲は、大きくても都市を超えることはなかった。この神聖な都市＝祖国を一歩でも出れば、宗教も社会もなくなり、精神的な支柱の一切を失ってしまうような束縛力を持っていた。古代人にとって、祖国からの追放は、死刑よりも重い極刑を意味したという(7)。祖国がこういう意味を持つ時代であれば、「祖国のために死ぬこと」は最高の美徳であり、祖国のためにこそ生命は投げ出されるべきものであった。それが「愛国心」にほかならなった。古代においては、個人の一人一人は、一個の人間と考えず、全体の中の一部分と考えたことを、ジャン＝ジャック・ルソーが教育論『エミール』で論じている。五人の息子を戦場に送った尚武の国スパルタの女性が、戦闘で息子皆が戦死したことを嘆くよりも、スパルタ軍が勝利したことに対して神々に感謝を捧げたという例を引き、市民の妻のあるべき姿だとしている(8)。

第一次と第二次二つの世界大戦を経験した、ポーランド（当時ドイツ領）の歴史家カントロヴィッチは、一九五一年の論文で、「祖国のために死ぬこと」の意味を中世政治思想に探っている。[9]「祖国のために」戦って死んだ人が英雄視され神格化されるのは古代ギリシャとローマですでに始まっていたが、中世においては、「祖国《パトリア》」自体が故郷の村や町といった狭い場所を指し示すだけの言葉となり、古代の「祖国」は忘れられてしまった。代わってキリスト教の影響により、「聖地の防衛」のために戦って死んだ十字軍戦士が殉教者と見なされるようになる。ローマ人が「地上の祖国」のために身をささげることを崇高なことと考えたように、クリスチャンは「天上の祖国」への愛のために犠牲になることを最高の殊勲と考えたのである。封建時代になると、祖国のための戦いや死も倫理的に正当化されて神聖なものとされ、封建君主のために死ぬ者へも殉教の王冠が授けられるようになり、一三世紀の中頃までには、聖戦の理念は完全に世俗化していく。王権が祖国と同一視されて、王権のための戦いも聖戦ととらえられるようになったのである。カントロヴィッチは、この論文と、著書『王の二つの身体』(一九五七)の中に「祖国のために死ぬこと」という一章を設けて、その移り変わりを論じている。

古代人にとっての狭い「祖国《パトリア》」、中世の「聖地」と「王権」、そしてベネディクト・アンダーソンが説いた、「想像の共同体」としての「国民国家《ネイション・ステイト》」が全く異なるものであることは言うまでもない。お互いに生涯知り合うことも会うこともないのに、印刷・出版資本主義と俗語によるプロテスタンティズムの普及により、想像力が生みだした国民という共同体。ネイション、ナショナリティ、ナショナリズムは一八世紀末に創りだされた「文化的人造物」である。にもかかわらず、それらは古いものであるかのように、人に深い愛着を引き起こす力を持っている。名前がわからないがゆえに国民的想像力が満ちた、無名戦士の墓と碑ほど、近代的文化としてのナショナリズムが典型的に示されているものはない、とアンダーソンは言う。(10) 世界に波及した「国民国家」は、平和を希求し祖国を防衛するための戦争をいわば「聖戦」として受け入れ、国民がそれに協力することを前提としたのである。他国への侵略であっても平和のための戦争と呼ばれて、国民が命の危険なくそれに反対する道は残されていない。世界平和が模索されていたにもかかわらず、第一次世界大戦が避けられなかったのは、「国民国家」の論理が愛国心やナショナリズムをあおる装置として働いたからである。(11)「愛国心」という言葉を聞くと、「思わずハッとする」(12)のは、戦意高揚と結びついてしまうためであろう。

このように、「祖国」の観念は、古代、中世、近代においてそれぞれ異なり、戦士が自己犠牲を捧げる対象も、「祖国」の意味の変遷とともに変化している。古代ギリシャ、ローマの人々は、「祖国」に対して、今日言うような意味での「集団が信奉する抽象的なイデオロギー」としての「愛国主義《パトリオティズム》」(13)を持たなかったかもしれないが、父祖の土地である「祖国」のために生命を投げ出すことは当然のことであり、「美しくかつ誉れなること」であると信じていた。祖国への愛と「名誉」の感覚が男たちをつき動かし戦争に向かわせ、戦死をも選ばせた。ギリシャのホメーロスが紀元前八世紀頃に吟じたとされる叙事詩『イーリアス』には、愛国心が見られないわけではないが、国や主君のためよりはむしろ、個人的な名誉のために戦う英雄たちが大勢登場する。古代の英雄文学において、戦争は、名誉を傷つけられたこと、恥をかかされたことへの報復をきっかけに起こることが多い。中世、ルネサンスの騎士道文学においても、描かれるのは、名誉と義務の行動規範を重んじる騎士たちである。「愛国心」と並んで、いやそれ以上に、いつの戦いにも附随したのは、「名誉」の感覚ではなかっただろうか。名誉を守ることは「義務」であり、そうしないことは「恥」とされた。第一次世界大戦は、「名誉」や「栄光」や「勇気」といった「大げさな言葉」(Big Words) が信じられていた最後の戦争であったと言えるだろう。少なくとも「大戦」(14)半ば、一九一六年七月一日に、ソンムの戦いが起こる頃まではそうだった。

本書の目的は、第一次世界大戦の英文学と戦後の大戦文化を「祖国」、「愛国心」、「名誉」そして「顕彰」「追悼」という観点から読むことである。イギリスと、大戦当時まだイギリスの一部であったアイルランドにおいて、大戦はどういう意味を持ち、詩にどう表現されたであろうか。また、大戦後の死者の顕彰はどのように行われ、それまでの戦争の場合とどのように違ったであろうか。英文学や英文化を専門とする人達だけでなく、戦争、文学に関心を持つ一般の読者にも読んでもらえることを目指して書いている。

本書の構成は以下の通りである。

まず、序章「『戦争詩』の歴史」では、古代から大戦に至るまでの戦争詩の歴史を概観する。取り上げる文学作品は恣意的に選んだものにすぎないので、この概観にあてはまらない戦争詩も多々あるだろう。しかし、好戦的・英雄崇拝的な詩から反戦的な詩へという歴史的な推移を辿るのではなく、その両方が共存してきたことを示そうと思う。

第一部「祖国のために戦った詩人たち」では、イギリスの第一次世界大戦の詩を検討する。大戦は「文学的戦争」と呼ばれるくらい多くの詩を生み出したが、ほぼソンムの戦いを境目に、愛国的もしくは好戦的な詩から、戦争を糾弾し呪詛するシニカルな詩へと変化している。しかし、これに当てはまらない兵士詩人達の詩があることにも言及する。

第1章「祖国を愛する——ジュリアン・グレンフェル、ルーパート・ブルック、エドワード・トマス」では、戦争初期の、「名誉」や「栄光」を求める愛国的な詩や、イギリスの田舎への愛着を示す詩という観点から、三人の詩を比較検討する。「小イングランド主義」と「ジョージアン」の詩人との関連についても言及しながら、英文学史の中で彼らの詩の位置づけを考える。

第2章「戦争を憎む——シーグフリード・サスーン、ウィルフレッド・オーウェン、ロバート・グレイヴズ」では、ソンムの戦い以後も詩を書き続けた詩人たちの詩を取り上げる。サスーンとオーウェンがどのように詩的変貌を遂げて、典型的な「戦争詩人」となったか、また大戦と一歩距離を置いたグレイヴズの戦争詩の特徴を見ていく。最後に、その他の戦争詩人達を紹介し、モダンな詩、モダニストの詩という文学史上の区別についても言及する。

第3章「『血と音と数限りない詩』——もう一つの大戦文学『ワイパーズ・タイムズ』」は、第2章で挙げたような反戦文学とは異なり、最後まで大戦の大義を信じて戦おうとした兵士たちが書き、仲間うちで読んでいたトレンチ・ジャーナルを紹介する。これに掲載された記事を読むと、文学が一般兵士にまで浸透していて、大戦が真に「文学的戦争」であったことを再認識させられる。トレンチ・ジャーナルは、第三部で述べる「戦争文化」の一つである。

第二部「アイルランドと『祖国』」では、前世紀末までほとんど語られることのなかったアイルランドと大戦との関係を扱う。

第1章「一九一六年——復活祭蜂起とソンムの戦い」では、大戦前のイギリスとアイルランドとの関係を述べた後、第一次世界大戦における対英協力と、北アイルランドと南との思惑の違い、大戦最中のイースター蜂起の勃発、ソンムの戦いに始まる北と南の協力と反目、矛盾をはらんだ一九一六年の出来事が今日のアイルランドと北アイルランドにどのような影響をおよぼしているかを述べる。

第2章「アイルランドの『戦争詩人』たち」では、イギリスの戦争詩人たちと比べて、あまり知られていないアイルランドの戦争詩人たちを取り上げる。フランシス・レドヴィッジ、トマス・ケトル、そして、トマス・マクグリーヴィー、ダンセイニ卿、トマス・カーンダフである。アイルランドと大戦との関係、イギリスの大戦詩との違いを考えながら、これらの詩人の特質を考える。

第三部「祖国のために死んだ人たちを弔う」では、最初に、「戦争文化」という概念について、近年の大戦研究に立脚した説明を加えている。「戦争文化」として、戦後の追悼のあり方(戦争墓地・記念碑、慰霊の旅・戦場ツアー)を取り上げる。

第1章「死者の顕彰——戦争墓地と戦争記念碑をつくる」では、膨大な死者を出した大戦の後、「祖国」のために死んだ戦争英雄を民主化する試みが始まったことについて述べる。戦没地埋葬を決めていたイギリスでは、大陸に多くの英連邦戦争墓地があるが、それらは画一化されたものであり、墓地や国内に造られた戦争記念碑は、英雄崇拝ではなく、戦死者を悼み、自己犠牲を讃える目的で造られている。イギリス国内（北アイルランドも含む）とアイルランドの戦争墓地、フランスとドイツのモニュメントについても述べている。

第2章「なぜ戦場ツアーか？——追悼、ゴシック、サブライム」では、もう一つの「戦争文化」として、かつての戦場への巡礼／ツアーを取り上げる。戦争が終わるか終わらないうちに、遺族による慰霊の旅だけではなく、好奇心からのダーク・ツーリズムも始まっていた。なぜ戦場への旅が活発に行われたのか、イギリスの作家が書いた本から戦場ツアーに相当するところを検討しつつ、イギリス人の戦場訪問熱がどこから来ているのかを探っている。

注

（1）ホラーティウス『歌章』藤井昇訳（現代思潮社、一九八四年）第三巻二の当該部分への注。

（2）テオグニス他著、『エレゲイア詩集』西村賀子訳（京都大学学術出版会、二〇一五年）、一〇—四二頁。訳者による解説によれば、「エレゲイア」とは、「哀歌、挽歌、悲歌」の意の英語の elegy と推測されるが、「エレゲイア」は、死者の追悼ではなく、戦いへの勇気を奮い立たせるような勇壮な歌、過度の飲酒や不正な蓄財を戒める詩等々内容はヴァラエティに富むという（三四八頁）。テュルタイオスのスタンスについては、解説三八四頁による。テュルタイオスの詩は断片が残っているだけで、引用した詩はリュクルゴスによるもの（二八—三〇頁）。

（3）吉武純夫『ギリシア悲劇と「美しい死」』（名古屋大学出版会、二〇一八年）、三—四頁。「美しい死」はホメーロスの英雄達が考えていたことではなく、古代ギリシャの思想の中で後発の思想と言えるとも述べている（同書、二五七頁）。

（4）ピンダロスの言葉については 'Fragments' 110 in *The Odes of Pindar Including the Principal Fragments*, intro. & trans. by Sir John Sandys (London : William Heinemann, 1915; 1937), p. 577 参照。エラスムス『平和の訴え』蓑輪三郎訳（岩波書店、一九六一年）の注釈には、*'Dulce bellum inexpertis'* は、「四世紀のローマの兵法学者ウェゲティウスの一句を出発点としたかなり長文の戦争批判である」と書かれている。ウェゲティウスは「平和を欲するなら戦争を学べ」等の金言を残している。

（5）*Horace : The Complete Odes and Epodes with the Centennial Hymn* tr. W. B. Shepherd (Harmondsworth : Penguin, 1983), "Odes", Book Ⅲ -2 による和訳。

（6）逸身喜一郎『ラテン文学を読む――ウェルギリウスとホラーティウス』（岩波書店、二〇一一年）第一章参照。また、西洋古典学の丹下和彦氏から、古典文学において、祖国のための死がいつでもどこにおいても美しかったわけではないことを、具体例を挙げて詳しくご教示いただいた。深謝。

（7）フュステル・ド・クーランジュ『古代都市』田辺貞之助訳（白水社、一九九五年）、二八九―二九三頁。しかし、「故郷（Heimat）」を失うこととは異なり、「故国（patria）」を喪失することは、現代においても、激しい喪失感と回復への強い願望を引き起こす、と考えられる。Cf. J. H. Grainger, *Patriotisms : Britain 1900–1939* (London : Routledge & Kegan Paul, 1986), p. 2.

（8）ジャン=ジャック・ルソー『エミール　上』今野一雄訳（岩波書店、一九六二年）、二七―二八頁。

（9）Ernst H.Kantorowicz, 'Pro Patria Mori in Medieval Political Thought', *The American Historical Review*, Vol. 56, No. 3 (Apr., 1951), pp. 472–92.「祖国《パトリア》は、哲学的・宗教的にはイタリア半島全土とか宇宙とかに拡大されることもあったが、政治的には普通、「都市」を指していたことを指摘している。しかし、「祖国のために」死んだ兵士は、たまたま自分が守ることになった狭い領土のためではなく、ローマとローマが表わすものの一切――神々や教育や生活一般――のために死んだことになると論じている（p. 474）。邦訳は、エルンスト・カントロヴィッチ『祖国のために死ぬこと』甚野尚志訳（みすず書房、一九九三年）の中の論文、「中世政治思想における『祖国のために死ぬこと』」。

(10) ベネディクト・アンダーソン『定本　想像の共同体――ナショナリズムの起源と流行』白石隆・白石さや訳（書籍工房早山、二〇〇七年）、三二頁。

(11) 山室信一『憲法9条の思想水脈』（朝日新聞社、二〇〇七年）、五八―六〇頁。

(12) 清水幾太郎『愛国心』（筑摩書房、二〇一三年）一五頁。

(13) 市川昭午『愛国心　国家・国民・教育をめぐって』（学術出版会、二〇一一年）、一三三頁。「愛国心《パトリオティズム》」と「ナショナリズム」を区別することは難しく、ナショナリズムの心理的基盤にパトリオティズムがあるという説、パトリオティズムを祖国愛、ナショナリズムを国益主義とする説までさまざまあることが、海老坂武『戦争文化と愛国心　非戦を考える』（みすず書房、二〇一八年）、一六八―七三頁で考察されている。

(14) 第一次世界大戦は「大戦（グレイト・ウォー）」とも呼ばれ、一九世紀後半からいつか「グレイト・ウォー」が起こるだろうと言われていた。現代でもよく使われる語である。

序章　「戦争詩」の歴史

戦争に対する二つの態度を示すものとして、よく例に挙げられる文学作品がある。シェイクスピアは『ヘンリー四世』第一部（一五九七？）において、名誉を求めるホットスパーと名誉よりも命を大事にするフォールスタッフという二人の登場人物に、戦争に対する相反する態度を代表させている。ホットスパーが「さあ、危険よ、来い、来るなら来てみろ！　東から来るか！／それなら、名誉よ、北から来いッ！　ここ一番の取ッ組み合いだ！」（第一幕第三場、中野好夫訳）と言って、最後に戦って死ぬのに対して、フォールスタッフの方は死んだ真似をして助かるばかりか、ホットスパーの名誉を横取りしようとまでする。戦争を英雄的で名誉を得る手段と見なすホットスパーと、名誉など「空気」でありただの「言葉」だと一蹴するフォールスタッフは、好戦的と反戦的（厭戦的）という戦争詩の二つの側面をともに戯画化した形で示していると言える。

ジョン・ストールワージーは、古代から現代に至る戦争詩を集めたアンソロジーの序文で、初期の恋愛詩も戦争詩も行動を奨励し賛美するものだったが、今では恋愛詩と戦争詩にそのような共通点はなく、戦争詩といえば反戦詩をさすようになったと書いている。その理由は、名乗り合い剣や槍で戦う一騎打ちから、敵と味方の距離が広がり、敵の顔が見えず、戦闘員と民間人との区別さえつかないものへと、戦闘形態が変化していったことにあるという。騎士の勇気や殊勲を讃える詩は、徐々に人が人に加えるの残酷さについての詩に変わっていったとしている。[1]白兵戦から火器の使用へと戦争形態が変わるにつれて、戦争詩のテーマが「英雄」から「犠牲者」、「名誉」から「幻滅」、「悲哀」へと推移するのは自然な流れであるように思われる。

シェイクスピアが戦争を二局面としてとらえているのに対して、ストールワージーは歴史的な変化を読み込んでいる。戦争を英雄的もしくは悲劇的ととらえる見方は、どの時代にもあったが、時代が経つにつれ、戦争を「男らしさ」の発露ではなく、大惨事として捉える見方が優勢になってきたと言えるだろう。その変化の要因は、戦争形態の変化ばかりではなく、社会的要因（軍隊のあり方、人々の戦争への関心、兵士の質）や、人々の感性の変化や、文学作品の影響も関与していると思われる。そういう要因を考慮しながら、戦争詩が、英雄詩から反戦詩へと単純に推移していったのではないことをいくつかの例を挙げて示そうと思う。

第一次世界大戦の文学について言えることは、イギリスにおいては、「戦争詩」という特殊なジャンルが確立したことであろう。このきっかけの一つは、かつての戦争に例を見ないほど多数の高等教育を受けた若者が出征し、戦争体験を詩に書き残したことである。彼らは「戦争詩人」または「兵士詩人」と呼ばれ、彼らを含めた若者達の戦死（大英帝国全体で一〇〇万人以上、第二次世界大戦の二倍）は、若い世代がすっぽりと抜ける文字通りの「失われた世代」という語ができるもととなった。典型的な戦争詩は、戦争への幻滅や「哀れみ」(pity) を語るものであって、それまでの「バトル・ピース」と呼ばれる戦争物とは異なる。このような詩が兵士詩人によって多数書かれたのは第一次世界大戦に特有のことであって、第二次世界大戦の兵士詩人は多くを語らない。

しかし、一九世紀末から二〇世紀初めにかけてのボーア戦争において、すでに戦争詩の書き手には変化が起きていた。戦争は報道記者や将校によって記録されるだけでなく、一般兵士によっても詩や手紙に書かれ、それらが雑誌や新聞に掲載されて広く読まれるようになっていた。これは、軍改革や教育改革が進み、社会のいろいろなレベルで民主化や人道主義が浸透したことによって、兵卒(rank and file)も体験を言葉にすることができるようになっていたからである。反戦詩が書かれるきっかけになった。ボーア戦争を帝国主義的戦争だとして反対運動が行われたことも、反戦詩が書かれるきっかけになった。スミスによる、ボーア戦争詩についての研究書の第一章が、「哀れみへの序曲――一九世紀の戦争詩」と題されているのは、オーウェンの「哀れみ」を念頭においていて、示唆的である。(2)

では、ボーア戦争までの戦争詩の書き手は誰だったかというと、後で見るように、宮廷詩人やロマン派の少数の詩人を除いては、実戦の経験のない詩人が書く場合がほとんどであった。しかし、「はじめに」で述べたように、詩人がプロパガンダとして好戦的な詩を書く場合もあったことに注意しなければいけない。ジョン・ミルトンはクロムウェルを擁護する詩を書いたし、ウィリアム・ワーズワスはナポレオン戦争の時にイギリスに団結を呼びかける詩を書いた。ラドヤード・キップリングは、イギリスの帝国主義を信奉する詩を多数残している。また、コナン・ドイルもボーア戦争にプロパガンディストとして志願している。第一次世界大戦では、戦争遂行のための世論を形成し、中立国のアメリカを参戦させることを主な目的として、当時の著名な作家や詩人が多数、秘密のプロパガンダ局に召集されるという前代未聞の情宣活動が行われた。(3)戦争詩人は、これらの作家たちとは異なり、実戦に参加して自らの体験を詩に残した若い詩人たちである。

序章では、「戦争詩」が成立する前、第一次世界大戦に至る前の、戦争について書かれた西洋の文学の流れを、ストールワージーの序文の分類を参考にしてまず検討する。そして、英雄的伝統から騎士道・宮廷風の伝統を経て、第一次世界大戦の反戦詩へと至るのではなく、長い戦争文学の歴史の中で、英雄賛美的・好戦的な詩と厭戦的・反戦的内容の詩とが共存してきたことを示そうと思う。その際注意しなければならないのは、好戦的な詩にはプロパガンダ目的が入っている可能性である。

古代の戦争文学

戦いの犠牲を栄誉や名声の代価と考える、古代の「英雄的伝統」(heroic tradition) に基づく詩は、ホメーロスの『イーリアス』(紀元前八世紀頃)、ウェルギリウスの『アエネイス』(紀元前一世紀頃) から、アングロ・サクソン民族の英雄の冒険を語る『ベーオウルフ』(八世紀頃) にまで受け継がれている。

『イーリアス』は、トロイア戦争の時に生じた、ギリシャ軍の総大将アガメムノーンの裏切りに対するアキレウスの「憤り」に端を発し、勇者アキレウスの「名誉」の回復が神々や戦士たちを巻き込んだ争いに発展し、その「憤り」が消失するまでの物語である。トロイア戦争を扱っているといっても、戦争の発端となった、三女神から世界一の美女を選ぶ「パリスの審判」の話も、トロイア陥落の原因になった木馬の話も出てこない。『イーリアス』(「イーリオン(=トロイア)の歌」)が始まった時には、すでに戦争は九年を経過しているのである。また、ホメーロスは口誦の抒情詩人であって、文字化されて全二四巻に分けられたのは紀元前五世紀以降、アレクサンドリアにおいてであるという(4)。

第一巻劈頭の詩の女神への呼びかけは次のように始まる。

憤り（の一部始終）を歌ってくれ、詩の女神よ、ペーレウスの子アキレウスののろわしいその憤りこそ数知れぬ苦しみをアカイア勢〔ギリシャ軍〕に与え、またたくさんな雄々しい勇士らの魂を冥府へと送ってやったものである。
（呉吾一訳）

アキレウスの頼みを聞いて、母親の女神テティスはゼウス大神に、息子に「誉れ」を与えてくれるように、息子の「恥」を晴らしてくれるようにと頼む。続く巻では、戦争最中の、ギリシャ勢とトロイア勢の英雄達の武勲や策略や最期が語られるが、彼らの命運を決めるのはことごとく神々である。第一六巻では、アキレウスの親友パトロクロスが、トロイアの大将ヘクトールにとどめを刺され、第一八巻では、アガメムノーンへの怒りから戦線を離脱していたアキレウスが、親友の死を知って激しく嘆き、復讐のため戦場に戻る決心をする。第二二巻では、アキレウスは女神アテネの助けを得て、パトロクロスを討ったトロイアのヘクトールを討ち取る。そしてその遺体を戦車にくくりつけて戦場を引きずり回し、ヘクトールの「名誉」を奪おうとするのである。

こういって、彼〔アキレウス〕は雄々しいヘクトールに対し、乱暴な、辱めを加える所業を考え出し、両方の足のうしろ側に、かかとの上から足のつけ根へかけて、腱のところに穴をあけ、それへ牛の皮で作った細い紐を結わえつけて、戦車の台の後部へ繋ぎ、頭《かしら》は引きずられるままに放任した。それから戦車の上に乗りこんで、世に名の聞こえた物の具をもそれへのせ、鞭を一振り当てはしらせれば、二匹の馬はいそいそとして駆け出した。それで、引きずられてゆくものからは、砂煙が舞い上がって、漆黒だった頭髪《かみのけ》も、両側に垂れて下がれば、以前には様子のよかった頭もすっかり、砂塵にまみれてしまった。（第二二巻）

目をそむけたくなるようなアキレウスの復讐の場面である。ヘクトールを殺せばアキレウスも死ぬことになるという母テティスの予言が、彼の怒りを増幅させていた。執拗にアキレウスがヘクトールの死体を痛めつける様子を描くホメーロスは、「名誉」をかけた英雄たちの争いを語りながら、実はそういう争いの愚かしさ、空しさを訴えているのではないだろうか。ギリシャ側の詩人であるホメーロスは、勝者の立場からトロイア戦争を見てギリシャ勢を好意的に描くことはせず、怒りや欲望に駆られて力を行使するアキレウスを批判的に捉えた。つまり、恥と名誉の感覚に翻弄されるアキレウスを描くことによって、ホメーロスはギリシャの「恥の文化」を批判している、というのが一九世紀半ばからの『イーリアス』の読み方である。(5) 復讐に燃える身勝手なアキレウスと違って、ヘクトールはトロイアへの「愛国心」（「はじめに」で述べたように、近代国家への抽象的な愛ではなく、拡大された家族に寄せる愛のようなもの）を一身に具現した英雄である。その彼が両親や妻の哀願を振り切ってトロイア勢の先頭に立って戦い、死を予感しながらもアキレウスと対決するの

は、「名誉」を第一に考えていたからなのである。(6)

『イーリアス』は英雄達の名誉を求める壮絶な戦いだけでなく、英雄の死が家庭に及ぼす影響についても語っている。父親プリアモスがアキレウスから返還してもらったヘクトールの遺体がトロイアの城内に運ばれ、アンドロマケーや女たちが哀悼の叫びをあげるところで『イーリアス』は終わっている。

……白い腕のアンドロマケーが……ヘクトールの頭を腕《かいな》に支えながら、泣いてかこつようには、「私の夫よ、あなたはまだお若いのに、もうこの世をお去りになって、私を寡婦《やもめ》として屋敷の中にお残しとは。……　ヘクトールさま、でも一番に、ひどい苦悩は私のものです、といいますのも、おかくれの折臥所から、手をさし延べてくださりもせず、かけがえのない大事な言葉を聞かせてもくださらなかった。それさえあったら、夜も昼も、いついつまでも思い出しては涙にくれもできましたでしょうに」

こういって泣き叫べば、女たちは、そのあとにつき、哀悼のわめきをあげた。……　（第二四巻）

この箇所や、前の、死んだヘクトールがひき回される場面を読んで読者が感じるのは「哀れみ」ではないだろうか。このように、『イーリアス』には、「恥」や「名誉」だけでなく、「力の空しさ」や「哀れみ」まで、いろいろなレベルの感情を読み取ることができるのである。この叙事詩は後の戦争詩に表現される感情のほとんどを含んでいるように思える。

英文学史に登場する最初の英雄叙事詩は、古英語の『ベーオウルフ』である。舞台はデンマークの宮廷、その王フローズガールの宮殿を襲う怪物を、スウェーデンから来たベーオウルフという若い勇者が退治する。五〇年の後、自国の王となったベーオウルフは、今度は人里を襲う龍退治に向かう。悪戦苦闘の末龍を斃すが、自身も致命傷を負い、遺言を残して死んでいく。最後の節では、老妻が王の死を嘆いた後、王の塚のまわりで臣下の者たちがその死を悼む。

さて、武勇に秀でたる公達《きんだち》が総勢十二名、
この塚をめぐって馬を駆り、
胸中の悲しみを吐露し、王を偲《しの》んで
哀悼の歌を誦《しょう》し、亡き人の事績を語らんとした。
彼らは王の気高き心ばえを称《たた》え、その雄々しき勲《いさおし》を
褒《ほ》めそやした。友にしてかつ主君たる御方の
魂が肉体を離れて去らんとする時に、
言葉を尽くして称《たた》え、衷心《ちゅうしん》より慕いまつるは
家臣たる者に相応《ふさわ》しき努めである。

（忍足欣四郎訳）

英雄文学の常套に従い、英雄は死の犠牲を払ってその功績を讃えられるが、『イーリアス』のような、力への批判は感じられない。また、『イーリアス』と違って、最後は、妻の言葉ではなく、臣

下の戦士たちの賞賛の言葉で終わる。イギリス文学には、『ベーオウルフ』からキップリングの「兵営の歌」(一八九二)に至るまで、強壮で男性的なアクションの世界を描く詩の伝統が流れているという指摘がある。(7) その伝統がヒロイズムや愛国心や帝国主義的感情を讃える詩として、第一次世界大戦まで存続したと言えるのではないだろうか。第1章で述べるワトソンやニューボルトやキップリングのように、大衆の好みに迎合する詩を書いた「パブリック・ポエット」がその例である。

中世から一七世紀へ

次いで、英雄詩の伝統は、イギリスでは、フランスやイタリアの影響を受け、中世からルネサンスにかけて「騎士道的伝統」(chivalric tradition)の詩へと変わっていく。「騎士道」(chivalry)はその語源のcavalry(騎兵)以上の意味を持つようになり、武芸に秀でているだけでなく、勇気、忠義、礼節、社交、寛大さ、身分の高い女性への奉仕等の徳目を身に着けたキリスト教の騎士(knight)が重んじられるようになった。中世には、勇敢な騎士が騎士としての行動規範を守りながら遍歴の旅をする物語が多く書かれた。その中の一つ、アーサー王と円卓の騎士達の冒険物語は、古くから伝説として伝えられてきたが、一五世紀後半にトマス・マロリーが『アーサー王の死』として集大成している。

一五世紀末から一六世紀初めの盛期ルネサンスになると、「騎士道的伝統」は「宮廷風伝統」(courtly tradition)に溶け込み、騎士は音楽や詩のような穏やかな技芸にも堪能であることが求められるようになる。宮廷人が修得すべき作法、教養、徳について、イタリアのバルダッサーレ・カスティリオーネが書いた『宮廷人の書』(一五二八)は英訳もされ、広くヨーロッパで教養人のための規範書として広まった。

この時期から一七世紀にかけて、イギリスの詩人＝廷臣には軍事遠征を経験した人が多い。ジェフリー・チョーサーも、サー・フィリップ・シドニーも、ジョン・ダンも、リチャード・ラヴレイスも実戦に参加したことのある詩人である。しかし、彼らルネサンスの詩人は、驚くほど戦争そのものについて書くことが少ない。ストールワージーはこの理由を、詩という洗練された技芸には、戦争というテーマは野蛮で、恋愛こそが詩人にふさわしいテーマであるという考え方に変わったからであるとしている。(8) 恋愛詩にせいぜいのところ、軍事用語や戦争のイメージが使われるだけになった。

たとえば、チャールズ一世を支持した王党派詩人の一人、リチャード・ラヴレイス(一六一八—五八)の「ルーカスタへ、出征に際して」(一六四九?)という詩。

僕が冷たいだなんて、言わないでくださいね、恋人よ。
　君の清らかな胸と安らかな心という
聖域(尼寺)を離れて
　戦争と武器へと僕が急ぐからといって。

そうだ、僕は今新しい恋人を追いかけているのだ。
　戦場で出会う最初の敵がそれだけどね。
しかも今までより強い信念を持って、
　剣と馬と楯を抱くのだから。

でも、この不誠実さをきっと
　君も賛美してくれるだろう。
もし僕が君より名誉を愛さないとしたら、
　これほど君を愛することはできないのだから。

詩人が追いかけているのは「敵」で、抱くのは「剣と馬と楯」であって、そうすることが詩人の「名誉」になると言っている。つまり、恋人への愛より、「名誉」への愛が大切であることを述べた詩であり、恋愛詩の体裁を借りて実は騎士道精神を讃えた詩である。

　この詩にはさらにいわくがあるようだ。この有名な詩が時代錯誤の矛盾をかかえていることをウィンが具体的に指摘している。三行目の「尼寺」は、ヘンリー八世が一五三〇年代に修道院と共に解散させてカトリックを弾圧しているから、この比喩は詩が書かれた時期にはあてはまらない。八行目の「剣と馬と楯」のうち、馬を除いて、剣と楯はすでに時代遅れであり、銃器や大砲が使われる時代に入っていた。(9) 剣と楯を使い、一対一の戦闘で武勇を示す騎士を想像することによって、ラヴレイスは過ぎ去った騎士の時代をなつかしんでいるのである。彼が愛してやまないのは、ルーカスタという「尼寺」ではなく、自分の「名誉」である。実際彼は、投獄されていてイングランド内戦の時に戦えなかったために、名誉挽回を期してフランスとの戦争に参加する時に書いた詩であるらしい(10)。

さらにさかのぼると、一六世紀の宮廷詩人ジョージ・ガスコイン(一五三五—七七)が書いた「戦争は甘美なり、それを知らない人にとっては」(*'Dulce bellum inexpertis'*)という詩がある。この言葉は、「はじめに」に書いたように、ピンダロスやエラスムスが使った言葉である。フランドル地方で戦ったガスコインは、一九二節におよぶ長い詩の最初の五分の一ほどでは、戦争を知らずにそれを讃える詩人や画家や天文学者や一般の人々を批判し、「……破壊された町、血に染まった野原、／殺された子供たち、虐げられた年寄りの未亡人たち、／凌辱された娘たち、嘆き苦しむ夫と妻」(二六節)(11)こそ示されるべきであると語っている。ここを読んだ限りでは、ラヴレイスと比べると、戦争の幻滅の側面に目を向けていて、反戦詩ではないかと思われる。しかし、最後まで読むと、彼が命よりも大事にしているのはやはり「名誉」であることがわかる。負傷したり死んだりするのは戦争に限ったことではなく、家にいても起こることだ。が、不当に名誉を奪われることほど騎士や戦士にとって恥ずべきことはなく、戦争は名誉を手に入れる手段に等しいのである……と。

だから、財産をなくすことで困ったりはしない。
与えてくれる神は、好きな時に奪うこともできるのだから。

しかし、名誉をなくしたり、中傷されたりすることは、
理性をとことんなくさせ、
心を悩ませ、身体中を駄目にするのだ。
というのは、高貴な心はその名誉を、
世の人間や、富や、生を思う以上に、尊重しているからだ。

（一九〇節）

ラヴレイスが恋人よりも名誉を大事にするのと変わりはない。反戦を思わせるタイトルとは裏腹に、詩人が自分の命よりも気にかけているのは「名誉」であることがわかる。ひょっとするとラヴレイスと同様の不名誉を味わった経験がこの詩を書かせたのではないかと思われ、第一次世界大戦の詩人たちが幻滅や悲哀の念から書いたのとは異なる。

ガスコインとラヴレイスの詩が「名誉」をここまで重んじる背景には、歴史家ユヴァル・ノア・ハラリの言う、当時のロマンティックな戦争観があったように思われる。中世後期・ルネサンスの戦争は、現実には、火器が使用され、もはや騎士道文化で語られるような性質のものでなくなっていたが、時代錯誤的な戦争観が当時支配的であったため、それにあえて対抗しようとする軍人はいなかったし、その文学的モデルも存在しなかったと述べている。多数の中世後期・ルネサンスの戦争回顧録（スペイン語、フランス語、ドイツ語に及ぶ）を分析し、それらの書き手は、読者に幻滅を与えて、戦争に行くことをやめさせようという意図を持って書いているどころか、武器を取って戦場に赴き、名誉ある行動をとるように薦めていることを多くの例によって示している。その中にこ

のガスコインの詩も含まれている。戦争を英雄的な戦いと考える兵士達には「栄光」を選ぶ道が必要であって、この認識や人生への期待が変わらない限り、オーウェンの幻滅論に結びつくことはなかったと論じている。[12] 国のために死ぬことを名誉とする考え方を「昔からの嘘」と否定するためには、それから四〇〇年待たねばならなかった。しかし、古代ギリシャ・ローマにおいてすでに、好戦論と反戦論の両方があったことを思い出さなければならない。

中世後期から一七世紀にかけてのイギリスの詩は、このように時代錯誤的な騎士道精神や英雄の詩ばかりではない。この章の初めに見たように、ウィリアム・シェイクスピアは戦争の二面性をとらえていたし、一七世紀の詩人では、ジョン・ミルトンが、神々との戦いを繰り広げるセイタンをアンチ・ヒーローとして描いた宗教的叙事詩『失楽園』（一六六七）において、過去の英雄叙事詩を誹謗したところがある。

今まで唯一の英雄的な主題と
みなされてきたのは戦いであったが、私は戦いを題材にして
描くのに、生まれつき余り熱意が、もてない性分なのだ。戦いを
扱うのに必要な技量は、主として虚構の戦場において、空想上の
騎士たちがいかに長々とくどいほど残虐な殺戮を行うかを
描く点にあり、そんなことより忍耐というさらに立派な
不屈の勇気や、英雄的な殉教の死などは、全く歌われなかった。

その他、そこに描かれるのはせいぜい競争や競技、試合の際の
武装、紋章きらびやかな楯、凝った意匠、馬衣や軍馬、
馬の装衣、金銀色に輝く安物の馬具、槍試合や競馬競技における
豪華絢爛たる騎士、……

…… そんなものは詩人なり詩作品なりに、
正しい意味での英雄的という言葉を冠するのにふさわしい
ものではない！　私がこういったものに巧みでもなければ
熱心でもないとすれば、残されているのは、より高い主題、
まさに自ら英雄叙事詩と称するにたる主題だ。……

（第九巻二七―四四行）　（新井明訳）

騎士物語などは小器用な技巧があれば充分であるが、自分が書こうとしているのは、「より高い主題」について正しい意味での「英雄叙事詩」なのだという挑戦的な意図が表明されている。

このように、一六、七世紀には、時代錯誤的な騎士道精神に基づく戦争詩だけでなく、あえて戦争の残酷さに目を向けた詩、新しい英雄叙事詩に挑戦した詩、さまざまな戦争の描き方が文学に表わされるようになった。

一八世紀

一八世紀は軍隊や兵士の地位が下がった時代である。四方を海に囲まれたイギリスでは、海軍(Royal Navy)が一五四六年に設立されたのに対して、本土防衛よりは海外での派遣活動を主とする陸軍(British Army：Royalは冠されない)の成立は一六六〇年と遅かった。バーレットの英陸軍研究によれば、チャールズ二世による王政復古後陸軍の地位は急速に衰えていき、一八世紀の半ばまでには、イングランド銀行や海軍のような国家組織とは比べようもない「邪魔者」になっていったという。[13]その一因は、多数の犯罪者や浮浪者が強制されて、あるいは悲惨な生活から逃れるために自ら入隊したことにある。軍服の色から「レッドコート」と呼ばれた兵卒の訓練は厳しく、罰としてむち打ちや死刑すら待っていた。宿営地は不潔で病気の温床になる上、国外で戦争をする時にも人々の関心は低く、後に述べるように、人々の関心が陸軍兵士の命運に向けられるようになるのは、一九世紀半ばのクリミア戦争の頃からである。一方、将校はジェントリー階級がほぼ独占し、「コミション」(将校辞令書)の売買によって容易にその地位が獲得できるようになっていた。望ましい結婚相手としてジェイン・オースティンの小説によく登場する将校は、身分でも待遇でも兵卒とは雲泥の差があった。一九世紀の初めになっても、ワーテルローの戦いでナポレオンに勝利したウェリントン公爵は、自分の軍隊のことを「地上のくず」と呼んではばからなかった。

こういう事情から、一八世紀になると、戦争詩の書き手は、騎士から詩人に代わり、詩の内容も変わってくる。クウェイカー教徒(戦争反対の平和主義者で、第一次世界大戦では「良心的兵役拒否者」となる)、ジョン・スコット・オヴ・アムウェル(一七三〇―八三)が書いた「太鼓」

（一七八〇）は、愚かな若者たちを軍隊に徴募する様子を、皮肉をこめて描いた反戦詩である。

ぐるぐるぐるぐるぐる練り歩く
あの太鼓の耳障りな音が大嫌いだ。
浅はかな若者たちにそれは喜びをもたらし、
町や田舎からおびき寄せる。
彼らの自由を（軍服の）安物のモールや
ぴかぴか光る武器の魅力と引き換えにして。
そして、「野心」の声が命令を下すと、
行進し、戦い、そして、見知らぬ土地で倒れるのだ。

ぐるぐるぐるぐるぐる練り歩く
あの太鼓の耳障りな音が大嫌いだ。
私には、それ（太鼓の音）が、荒らされた平地や
燃える町や、破滅させられた田舎の若者や
めちゃめちゃにされた手足や、死ぬ時のうめき声や
未亡人の涙や、孤児のうめき声や
人間の悲哀の目録を満たそうと
「不幸」の手が与えるものすべてを、告げている。

徴募の太鼓の音は、「名誉」ではなく「野心」をかきたて、「不幸」を予言するものととらえられている。

反戦的な詩は他にもある。サミュエル・ジョンソン（一七〇九―八四）は「人間の欲望の空しさ」（一七四九）という長詩で、一八世紀初めにロシアに侵攻して大敗を期したスウェーデン王カール一二世の野望を批判している。トマス・グレイ（一七一六―七一）が書いた「田舎の墓地で詠んだエレジー」（一七五〇）には、直接戦争への言及はないが、戦いと栄光の空しさを見据えて書いた次のような一節がある。

紋章の自慢、権力の誇示、
そして美や富が与えたもののいっさいを
避けがたい「時間」が待っている。
栄光の道はただ墓に通じていくだけ。

（三三―三六行）

このように軍隊への同情や厭戦感情が名誉や愛国心に優る詩が書かれるようになったのは、軍隊の地位の低下だけでなく、人々の感性の変化がきっかけになったと思われる。第一次世界大戦の戦争詩人の一人エドマンド・ブランデンは、数人の大戦詩人を紹介した短いパンフレットの最初に、「大戦以前の戦争詩」（'Older War Poetry'）と題して、簡潔で示唆に富む解説を書いている。詩人にとって、暴力への憎しみや苦痛への同情が勇気の名誉をしのぐようになるのには時間を要し、一八世紀後半の「感受性の時代」が進むにつれて、反戦的傾向を持った詩が散発的にではあるが、現われるようになったことを指摘している。[14] 一八世紀に至ってようやく、騎士道精神の「名誉」に代わるものとして、「悲哀」の念が浸透し、それに触発された詩が書かれるようになったと言える。

一九世紀から第一次世界大戦へ

一八世紀後半に育まれた「感受性」に加えて、フランス革命により人権思想が芽生えたことや、慈善活動、教育改革、軍改革が進んだおかげで、一九世紀の初めと終わりとでは、兵士の地位も読み書き能力も格段に向上する。とは言え、戦争詩を書くのは詩人の手にゆだねられたままであった。一八世紀末のフランス革命や一九世紀初めのナポレオン戦争は、ロマン派の詩人たちに、戦争の脅威や残酷さについてだけでなく、愛国心や反戦思想についてもさまざまな詩を書かせている。ウィリアム・ワーズワスもS・T・コールリッジも革命への期待と幻滅を表明し、フランスからの侵略恐怖に際しては愛国的な詩を書いた。ギリシャ独立戦争に加わった異端児ジョージ・ゴードン・バイロンは反騎士道的なヒーローを詩に登場させ、シェリーはナポレオンについて詩を書き、彼を独裁者と激しく糾弾した。ロバート・サウジーは、孫が見つけた兵士の骸骨をきっかけに、祖父がかつて経験した戦争の残酷さを語る「ブレナムの戦い」（一七九六）という詩を書いた。祖父の繰り返す「それは有名な勝利だった」という言葉は、賞賛ではなく、逆に「名誉」や勝利の空しさを訴えている。一方で、ワーズワスは、トラファルガーの戦いで死んだネルソン提督をモデルにしたと言われる、「幸いなる戦士の性格」（一八〇七）という詩を書いて、理想の兵士というよりは人間、あるいは紳士《ジェントルマン》の特質を挙げている。

一九世紀半ばのクリミア戦争は、電報と新聞報道のおかげでイギリスから離れた地での戦場の様子がイギリス国民に伝わり、兵士の命運に人々の関心が向けられるようになった最初の戦争である。クリミア戦争を描いた二つの対照的な詩に、アルフレッド・ロード・テニソン（一八〇九―九二）の「軽騎兵旅団の突撃」（一八五四）とウィリアム・メイクピース・サッカレー（一八一一―六三）の「死者の報酬」（一八五四）がある。これら二つの詩は、古い騎士道精神と、新しく芽生えた反戦思想をそれぞれ代表している。

テニソンは、誰かが発した間違った命令に忠実に従い、ロシア軍の大砲に向かって無謀にも突進していったイギリスの軽騎兵旅団を描いている。

V

彼らの右には大砲、
彼らの左には大砲、
彼らの後には大砲が
　発射され打ち込まれた。
銃弾と砲弾で攻め立てられ
馬と英雄は息絶えた。
上手く戦った者たちは

死の顎を通り、
地獄の入り口から戻った。
生き残った者たちは、
　六〇〇人のうち残った者たちは。

VI

いつ彼らの栄光がうすれるだろうか？
ああ、彼らがした激しい突撃よ！
　みんなは茫然と見ていた。
彼らがした突撃を讃えよ！
軽騎兵旅団を讃えよよ。
　気高い六〇〇人を！

この詩は、忠実に主君の命令と義務に従う騎士道の伝統につながる最後の詩と評価され、クリミア戦争における数々のイギリス軍の失策をつぐなうことになった。一九世紀半ばのイギリスでは、愛と探究と戦いを描いたアーサー王物語の人気が再燃していて、テニソンは騎士道精神に道徳的教訓を読み込む立場を代表していたという[15]。しかし、騎士道精神はテニソンのこの詩で終わるのではなく、第一次世界大戦においてもなお続いていたことを第一章で見て行く。

テニソンと比べると、戦争を「殺人という高貴なわざ」(16)と見るサッカレーの詩ははるかに戦争の現実を見据えている。サッカレーの「死者の報酬」は、遠く離れたクリミア戦争の戦況が話題になる中流家庭の団欒の場に始まり、戦闘の場に移っていく。

私はカーテンを引き、ランプの火を明るく灯して、
　和やかな暖炉のそばに座り、
子供たちが騒々しく、はしゃぐのを眺める。
　家庭とその楽しみを深く味わう。

私はお茶を飲み、飛び交う噂から
　聞きかじった戦争を批評する。
ここでどう彼らは行進し、あそこでどう戦ったか、
　好奇心に満ちた目を向ける家族に、地図でたどる。

家庭でのおしゃべりの合間に、
　私は、戦略の法則を、なぜこの機動作戦か、
なぜあの機動作戦かを示してみせる。
　事件に形を与えたり、大義を示したりする。

または、夕食時のよどみない言葉遣いで、
　スープと魚の間に、戦闘を論じる。
敵味方それぞれの隊長に非難や賞賛を与える。
　　どちらが間違っていて、どちらが正しいかを言う。

そうしている間に、アルマの血にまみれた平原には
　戦闘の被害が広がっていった――
傷ついた者はのたうちうめき声をあげ――殺された者は
　天をにらみつけて裸で横たわる。

この後に続くのは、負傷兵を助けようとする外科医の奮闘と、殺傷を逃れた兵士たちを待つ疫病の脅威である。詩の後半では、国のために戦って死んだ男たちへ顕彰を捧げるだけでなく、遺族への保障を与えるようにとイギリスへ提案し、最後はこう結んでいる。

イギリスのふところの内に彼らを抱かせよ、
　彼らの両親、夫、兄弟に示させよ。
そうして初めて死者たちは安らぎを見出せるのだ、
　彼らが愛した者たちが大切にされていることを知って。

テニソンが騎士の世界に回顧的な眼差しを向けているのに対して、サッカレーは戦争の現実と戦後の問題までも把握していた。

この時期のイギリス帝国主義を代表する詩人はラドヤード・キップリング（一八六五—一九三六）である。彼は「白人の義務（重荷）」を信じ、女王と国のために戦う、トミー（・アトキンズ）と呼ばれた、ならず者兵士集団を愛した。「トミー」（一八九〇）という詩では、戦いがある時には丁重に扱われ、ないと酒場に入るのさえ拒否されるトミーたちの嘆きが語られる。南アフリカの領地をめぐってオランダからの先住移民ボーア人とイギリスが争った、二回にわたるボーア戦争（一八八〇—八一、一八九九—一九〇二）では、キップリングはこの最後の植民地戦争を支持し、特派員として戦線を視察し、奮闘する兵士を詩によんだ。一九〇三年に出版された「長靴《ブーツ》」という詩では、強行軍の疲労を次のように描いている。

俺たちは歩兵——トボ、トボ、トボ、トボとアフリカの大地を歩く！
歩兵、歩兵、歩兵、歩兵、アフリカの大地を歩く——
(ブーツ、ブーツ、ブーツ、ブーツ——上げては下げ、下げては上げ！)
戦争では除隊はないからな！

もう一つボーア戦争に関する詩を見ることにする。『アウトルック』という雑誌の編集者であったイギリスのT・W・H・クロスランド（一八六五—一九二四）は、キップリングのボーア戦争に対するナイーヴな考え方を茶化す詩を雑誌に載せていた。しかし、彼の最も記憶すべき詩は、後のオーウェンに影響を与えたのではないかと思われる「殺されて」という詩である。『アウトルック』の一八九九年一一月一一日に発表され、一九一七年に出版された彼の詩集にも載っている（ボーア戦争の詩は第一次世界大戦中に出版されたものが多い）ので、オーウェンがこの詩を見た可能性もないではない。[17]「殺されて」は、エピグラフにホラーティウスの「祖国のために死ぬことは美しくかつ誉れなり」が置かれ、次のように続く。

じっと動かず、蒼白で、
　石のように冷たい君。
絶え間なく照らす光も
　空しく使い果たされるだけ。
君には、夜明けの一瞬も、
　夕暮れも
「春」も、愛も、死も、
　少しも関係がないのだ。
かくも屈強で若く、

勇敢で賢かった君。
その君が今暗闇に投げ込まれている
　暗い目をした君が。
（　中略　）
・・・
そうだ、美しく
　誉なることだ
全能の「亡霊」に出会い、
　こんなふうに褒めちぎることは、

ホラーティウスの言葉を皮肉として使っているのはオーウェンと共通するし、屈強な若者が死んで横たわるさまを描いているのは、オーウェンの「無駄なこと」（一九一八）という詩に共通する。オーウェンへの影響は推測の域を出ないが、ボーア戦争の詩が第一次世界大戦の詩を先取りしている面があることは認められるだろう。(18)

最後に、英雄詩の伝統から第一次世界大戦の詩への変化を示唆するトマス・ハーディ（一八四〇—一九二八）の詩を挙げておこう。

「昔と今」

戦いが「ねばならぬ」「べきだ」の
騎士道感覚で行なわれていた時に、
心の中で人々はこう言った。
「我々は生きて終わろうが、死んで終わろうが、
名誉が多少ともその報酬となる！
公正に戦おう――それが最良の結果になろうが最悪（の結果）になろうが、
だから、守備隊の諸君、
先に撃つのだ！」

広々した場所で、彼らは
一対一の騎士道精神で戦った。
彼らはこの名誉ある規則を
汚してまで有利に戦うために
身を落とそうとはしなかったのだ、
英雄を育てる学校で教育された者は
背信行為をすることはないと
知っていたので。

しかし今では、見てくれ、名誉が失われた
戦争がどんなものになっているかを！
　ラマの地が、死んだ罪のない
人々の死を嘆き悲しんでいる。
　ヘロデ王がささやく「狡猾な殺戮が
はびこるように！　かつて忌まわしいと呼ばれた方法で、
　頭の上でも、水中でも、
　最初に突き刺すのだ。[19]」

大戦がなぞらえられているのは、キリストの生誕を聞いたヘロデ王がラマで無差別に嬰児を虐殺したとされる、聖書の出来事（「マタイ伝第二章一六―一八節」）である。一九一五年に書かれたこの詩は、戦争遂行者に対して糾弾の矛先を向けている。大戦は多くの反戦詩を生み出した。その一方で、国のため、個人の恥を晴らすため、主君のため、と「名誉」の中味は違ってきても、「騎士道精神」は第一次世界大戦のある時期までは続いていった。ホットスパーは健在であった。

注

（1）　Jon Stallworthy (ed.), *The Oxford Book of War Poetry*, (Oxford : Oxford UP, 1984), p. xix.
（2）　M. Van Wyk Smith, *Drummer Hodge : The Poetry of the Anglo–Boer War*（*1899–1902*), (Oxford :

Oxford UP, 1978）一般兵士が書いた詩は、雑誌や新聞やミュージック・ホールやブロードサイド（大判紙に時事的話題をテーマにした俗謡を印刷したもの）を通じて、イギリスだけでなく、南アフリカや英連邦の各地に広まったが、これらはおおむね愛国的で好戦的な内容であった、という。

（3） Peter Buitenhuis, *The Great War of Words : Literature as Propaganda 1914–18 and After* (London : B.T. Batsford, 1989), pp. 4–5.

（4） 逸身喜一郎『ギリシア・ラテン文学——韻文の系譜をたどる15章』(研究社、二〇一八年)、三六—三九頁。

（5） James Anderson Winn, *The Poetry of War* (Cambridge : Cambridge UP, 2008), p. 49.

シモーヌ・ヴェイユは、『イーリアス』を「力の詩」と呼び、力は人を物に変えるものであり、それは力の犠牲者だけではなく、怒りや欲望に駆られて力を行使するものにもあてはまると述べている。

Simone Weil, 'The *Iliad* or the Poem of Force' (1940) in Simone Weil & Rachel Bespaloff, *War and the Iliad*, translated by Mary McCarthy (New York : New York Review of Books, 2005), pp. 3–4.

（6） 藤縄謙三『ホメロスの世界』(魁星出版、二〇〇六年)、九八—一〇一頁。

（7） J. H. Grainger, *Patriotisms : Britain 1900–1939* (London : Routledge & Kegan Paul, 1986), p. 65.

（8） Stallworthy (ed.), 'Introduction', p. xix.

（9） Winn, pp. 24–26. 過去から現代に至るまでの戦争詩を、名誉や恥や騎士道や愛国心といった観点から分析していて、筆者の興味と重なる。

（10） C. J. Wortham, "Richard Lovelace's 'To Lucasta, Going to the Warres'", *Notes and Queries* 26 (1979), pp. 430–31.

（11） "The fruites of Warre, written upon this Theame, *Dulce bellum inexpertis* …", John W. Cunliffe (ed.), George Gascoigne, *The Poesies* (1907. New York : Greenwood Press, 1969)

(12) Yuval Noah Harari, "Martial Illusions : War and Disillusionment in Twentieth-Century and Renaissance Military Memoirs", *The Journal of Military History*; Jan 2005; 69, 1, pp. 65–66.

(13) Corelli Barnett, *Britain and Her Army : A Military, Political and Social History of the British Army, 1509–1970,* (London : Faber and Faber, 1970), p. 170.

(14) Edmund Blunden, *War Poets 1914–1918,* (London : Longmans, 1958), p. 9.

(15) Mark Girouard, *The Return to Camelot : Chivalry and the English Gentleman* (New Haven : Yale UP, 1981), p. 180. これに対して、ラファエル前派はロマンチックな面を重視する側を代表していた、という。

(16) Thackeray, 'The Chronicle of the Drum' (1882) というフランスの戦争について書いたバラッドの一行。M. Van Wyk Smith, p. 1 に引用。

(17) M. Van Wyk Smith, pp. 113–14 の指摘による。

(18) M. Van Wyk Smith, p. 114 の指摘による。

(19) Thomas Hardy, *The Complete Poems,* (ed.) James Gibson (Basingstoke : Macmillan, 2001), pp. 545–46.

*英語の原詩は、Jon Stallworthy, *The Oxford Book of War Poetry* に拠るが、これに載っていない場合は、原則として出典を注に示した。

借用した日本語訳は、以下の通りである。

中野好夫訳「ヘンリー四世　第一部」、『シェイクスピア全集4　史劇I』(筑摩書房、一九六七年)

呉茂一訳　「イーリアス」、『ホメーロス』呉茂一・高津春繁訳 (筑摩書房、一九七一年)

忍足欣四郎訳『ベーオウルフ』(岩波書店、一九九〇年)

平井正穂訳　ミルトン『失楽園』上・下（岩波書店、一九八一年）

第一部
祖国のために戦った詩人たち

第1章　祖国を愛する

――ジュリアン・グレンフェル、ルーパート・ブルック、エドワード・トマス

一　「高尚な言葉遣い《ハイ・ディクション》」から「大げさな言葉《ビッグ・ワーズ》」へ

生き残った騎士道

ヘンリー・ニューボウルト（一八六二―一九三八）は、『提督たち』（一八九七）という詩集の中で、「イングランド」のために死ぬことについて、「名誉」「愛国心」「勇気」「犠牲」を賛美している。この詩集におさめられた詩の一つ「人生のたいまつ」は、パブリック・スクールでクリケットの試合をした時と同じスポーツマン精神と仲間意識が、一八八五年のアブクレアの戦い（スーダン戦役）の時にも発揮されたことを次のように詠っている。

砂漠の砂は血潮にぬれる――
こわれた方陣の残骸で真っ赤に染まる――
ガトリング銃はつかえて動かず、大佐は死に、
連隊は埃と煙で目が見えない。

死の川はその土手からあふれんばかり、
イギリスははるか遠く、名誉は名前にすぎない。
しかし、男子学生の声は兵士を召集する。
「がんばれ！　がんばれ！　正々堂々と戦え！」

フェアプレイの精神が親から子へと「人生のたいまつ」のように引き継がれていくことを願った詩であるが、戦争はクリケットの試合の延長線上にあり、戦場で流された血は汗のようにしか思えない。しかし、この詩は当時一般に好意的に受け入れられ、第一次世界大戦が起きた時に人気が再燃したという。

一九世紀後半、このような高揚した大げさな言葉遣いをしたのは詩人だけではなかった。クリスタル・パレスでのロンドン万博の開幕や、クリミア戦争、ボーア戦争のような国家的な行事や危機に際しては、ジャーナリストや演説家がこれを使って精神的な意味を与えようとした。アマチュアの詩人たちも、二〇世紀初めの劇的事件——ヴィクトリア女王の崩御、タイタニック号沈没に際して、同じような「高尚な言葉遣い《ハイ・ディクション》」を用いて下手なエレジーを書いたという。詩としてのよさよりも、書かれている内容の方が重要だったのである。(1) 騎士道精神を「高尚な言葉遣い《ハイ・ディクション》」で歌い上げることによって、大英帝国への忠誠と愛国心は第一次世界大戦まで続いていく。

中世の騎士道はイギリスでは一七世紀初めに衰退した（最後の馬上槍試合が行われたのは一六二四年）(2) が、一八世紀後半にはゴシック・リヴァイヴァルや『オシアン』の流行で息をふきかえし、一九世紀にはアーサー王物語を始めとする中世的ロマンスをウォルター・スコットやアルフレッド・テニソンが翻案したことにより、人気が再燃した。ジョージ・アルフレッド・ヘンティの少年向き物語やライダー・ハガードの冒険物語も騎士道精神の再燃に貢献したという。イギリスにおいて騎士道精神がヴィクトリア朝から大戦に至るまでどのように受け継がれていったかをマーク・ジルアードは『騎士道とジェントルマン』で、詳細な例を挙げて論じている。テニソンの詩にあるような無謀な騎兵隊の突撃は、馬が用を成さなくなった第一次世界大戦においても、西部戦線で一九一四年八月二四日に実際に行われたことがあるという。(3)

騎士道精神がイギリスで存続したのは、パブリック・スクールにおけるジェントルマン教育＝軍事教育の影響が大きかったためである。また、そこでなされる古典教育は、ホメーロスやホラーティウスの「名誉」や「愛国心」を行動規範として教えることになった。それに加えて、イギリスは最初に産業革命を達成した国であるにもかかわらず、もともと保守的で、機械化や物質主義に対する根強い反抗があった。イギリス人が田園に寄せる愛情、パストラル志向が工業化に対する抵抗からきているとすれば、「高尚な言葉遣い《ハイ・ディクション》」が戦争の実態が明らかになるまで使われ続けたことが理解しやすくなるだろう。

一九世紀の後半から第一次世界大戦にかけて、イギリスでは「田舎に寄せるノスタルジアの深い水脈が芸術と感受性に流れていた」(4)ことを指摘する批評家は多い。工業化に対する反感に根ざした田園主義は、第一次世界大戦が始まってからいっそう「イギリス的なもの」として憧憬されるものになったと言える。

大戦と騎士道

第一次世界大戦が起きた時にも、相変わらず、騎士道的な美徳や用語を使って戦争が報じられた。大戦は「聖戦《クルセイド》」と呼ばれ、抽象的で婉曲的な言葉遣いが「動員」されて戦争報道がなされた。第二部で述べるが、アイルランド内での戦争が一触即発の状態であった時に、イギリスがドイツに宣戦布告し、人々が熱狂的にそれを支持したのは、大英帝国の威信にかかわるものであったからだろう。

いち早く戦争を支持する詩を書いたのは、ウィリアム・ワトソンという後にナイトの爵位を授与された詩人である。「手袋を投げて挑戦してきた／お前」と戦争の神に呼びかけて、平和を願うわれわれイギリス人は決して負けないと宣言する詩（「世界をかき乱す者に」）を発表した。ここで使われている「手袋」(gauntlet) という語は、中世の甲冑に使われていたもので、騎士道のイメージを借りて聖戦への参加を呼びかけている。イギリスがドイツに宣戦布告したのは、一九一四年八月四日、この詩が『タイムズ』紙に発表されたのは、八月六日のことである。

次いで、その二日後の『タイムズ』には、当時の桂冠詩人ロバート・ブリッジズが書いた「目覚めよ、イングランド」という詩が掲載される。迫りくるドイツという敵（'enemy' ではなく、古めかしい 'foe' が使われている）に立ち向かうために、「海洋の国民」は今こそ武器を取るべきことを呼びかける詩である。最初と最後の節を引用する。

汝無関心な者たちよ、目覚めよ！

汝平和主義者よ、戦え！
イギリスよ、名誉を代表せよ、
神よ、正義を守れ！
……
無関心な者たちよ、目覚めよ！
汝平和主義者よ、戦え！
イギリスは名誉を代表している。
神よ、正しい者を守りたまえ！

どちらの節も三行目に「名誉」が使われ、最初の節では命令文だったのが、最後の節では肯定文へと変わり、大文字で強調されている。これら二つの詩が示すように、第一次世界大戦の初期においても、騎士道から借りてきた言葉やイメージは、戦意高揚のためのプロパガンダとして使われていて、騎士道は政府公認の路線であったと言える。ブリッジズも、「戦争プロパガンダ局」が招集した作家や詩人たちの一人であった。

ワトソンやブリッジズは、ニューボウルト、キップリングらと同様に、公的な関心事を詩のテーマとする「パブリック・ポエット」に分類される。愛国心やパブリック・スクール精神や帝国主義的感情に訴えかける詩を書き、国民の期待に応えた。詩としての良さは二の次で、広く読まれることを目的とした(5)。一九世紀後半のオスカー・ワイルドを代表とする唯美主義とは対極に位置する。

また、戦争詩人とは違い、実戦を体験していない彼らの詩は、抽象的で観念的でレトリカルな傾向があった。

第一次世界大戦当時の首相の息子ハーバート・アスキスは、一九一四年に「志願兵」という詩を書いて（発表は翌年）、しがない事務員《クラーク》が志願兵となって、騎士の夢を実現させて死んだという詩を書いている。

ここに一人の事務員眠る。人生の半分を
灰色の都会であくせく帳簿をつけることに費やし、
人生の馬上槍試合で槍が砕けることもなく、
こんなふうにして自分の日々はむなしく過ぎていくと考えていた彼が。
しかし、帳簿と彼のきらきらした目の間に、
軍団の光り輝く鷲がやって来て、
幻の空の下で騎手が突撃し、
軍旗のもとを勢いよく駆け抜けて行った。

そして今あの待ち望んだ夢がかなったのだ。
薄明りから夜明けの館へと彼は行ったのだ。
彼の槍は折れたが、自分が生きてそして死んだ

あの絶頂の時間に満足して横たわるのだ。
そしてこのように倒れてもどんな償いも望んでいない。
ついに自分の戦いを見つけたのだから。
また自分をここへ運んでくれる柩も必要としない。
アジンコートの戦士たちと一緒になったのだから。

灰色の都会の薄暗いオフィスで働く事務員が英雄になる幻想を満たしてくれるのは、中世の馬上試合であった。イギリスがフランスに勝った一五世紀のアジンコートの戦いの戦士たちと一緒になることで、この事務員の夢はかなったのである。事務員という職業は、上昇志向の強い下層中流階級《ロウアー・ミドル・クラス》に所属し、愛国主義や名誉に対して労働者階級よりも敏感に反応したと思われる。詩人自身も大戦に参加している。

しかし、戦争が起きてから数か月後、遅くともソンムの戦いが始まる頃には、戦争の現実――この工業化された戦争は、騎士道精神の「勇気」や「士気」や「名誉」の感覚で乗り切れるものではないこと――が前線兵士の間では明らかになっていく。戦争の真実を知った前線兵士と真実を隠されたままの銃後との間で認識のギャップが広まっていった。ロバート・ブリッジズは、一九一六年になっても、「海上の騎士道」という詩を書いて、海戦で死んだオックスフォードの学生チャールズ・フィッシャーの勇敢さを讃えている。[6]

銃後の人々は相変わらずエドワード七世の時代（一九〇一―一〇）を懐かしみ、騎士道や「高尚《ハイ》な言葉遣い《ディクション》」がこの戦争についてもあてはまることを信じて疑わなかった。そういう彼らにとって、第一次世界大戦を舞台にしたヘミングウェイの小説、『武器よさらば』の主人公アメリカ人中尉ヘンリーが言った次の言葉は理解しがたいものであっただろう。

栄光、名誉、勇気、神聖などの抽象的な言葉は、村の具体的な名前や、道につけられた番地や、川の名前や、連隊の番号や日付と比べると卑猥である。(27章)

これらの抽象的な言葉は、戦争の実態を知った戦争詩人たちからはすぐに捨てられてしまうが、実態を知らずに戦争初期に死んだ戦争詩人たちは異なった反応を示している。戦争詩人というのはおおむね、一八八〇年代から一八九〇年代の生まれで、大学に進み、下位の「将校」(commissioned officer)の地位についた青年たちである。この章では、早逝した三人の戦争詩人がなぜ志願したか、どう騎士道精神や「高尚な言葉遣い《ハイ・ディクション》」に向き合ったか、三人に共通して見られる、イギリスの自然に寄せる愛情と「ジョージアン」と呼ばれる詩風との関係について、考察する。

二　ソンムの戦いまでの戦争詩

ジュリアン・グレンフェルと「戦いの喜び」

最も騎士あるいは戦士としての資質を持っていたのは、ジュリアン・グレンフェル（一八八八―一九一五）であろう。デズバラ男爵の息子で、イートン校からオックスフォード大学に進み、狩りをし、船を漕ぎ、ボクシングをし、スポーツ万能であったが、戦争に対して異常とも言える興味を示した。彼の資質を示すものとして、よく引用される言葉に、「僕は戦争を敬愛する。戦争は、目的のある大きなピクニックみたいなものだ。」がある。一九一〇年秋に「王立騎兵連隊」に入隊してから両親にあてて書いた手紙の一節である。職業軍人となり、大戦に参加することは、彼の資質にふさわしい選択であった。

一九一五年五月二六日、頭にあたった砲弾の破片が原因で、フランスのブーローニュで死去。その翌日に『タイムズ』に掲載された「戦いの中へ」という詩は、彼のひと月前に死んだルーパート・ブルックの詩「兵士」と同じくらい、一時期有名になった。全部で一一節から成る詩の、最初の二節を引用する。

「春」、むき出しの大地は暖かく、
緑の草と芽を出す木々と一緒に、

輝ける太陽の眼差しの方へと傾き、
暖かなそよ風に揺れる。

そして、生命は色と暖かさと光で、
これらを得ようと絶えず努力することでもある。
そして、戦おうとしない者は死んだ者で、
戦って死ぬ者は利益を得るのだ。

戦いを詠んだ詩であるとは思えないような、静謐さに満ちた詩であることにまず驚かされる。イギリスの田園を描いていると錯覚しそうな出だしである。次に、七、八行目の逆説的な言い方が注意を引く。「利益」と訳したもとの英語は“increase”で、一般的な意味の「増加」と考えると余計わからない。ストールワージーは、「利益」とは「栄光」のことであり、グレンフェルの野心は、へクトールやベーオウルフと同じ、「栄光」を得る野心であると説明している。(7) つまり、戦いに行こうとしない者は、死んだ者同様であり、戦いに行って死んだ者は「栄光」という利益を得られるというのである。(8) 戦うことが英雄の条件になっている。そう解釈すると、この詩は、英雄的伝統を現代に復活させたものともとらえられる。しかし、この詩が特異なのは、戦争を描いていても、日常的な自然の風景と少しも変わらないことである。自然と戦争には何の断絶もないように思われる。

「戦う男」を自然や宇宙や動物が優しく迎えてくれることを詠った後で、次のような特異な三節が続く。

やかましい狂瀾が始まる前の
物憂く不確かな待ち時間に、
馬たちは彼にいっそう高貴な力を見せる。
おお、忍耐強い目よ、勇敢な心よ！

そして、燃焼の時間が訪れ、
その他のことはみな頭から離れ、
ただ、戦いの喜びだけが
彼の喉元をつかみ、目を見えなくすると、

喜びと盲目を通じて、彼は知ることになるのだ。
――たとえあまり知りたくはなくとも――
砲丸も銃剣もまだ彼には届かないのだと、
だから、神の意志ではないのだと。

最初の節の「馬」「高貴な」「忍耐強い」「勇敢な」は騎士道の伝統を連想させる。もっとも、彼が属していた騎兵連隊は一九一五年当時にあっては、すでに時代錯誤的なものではあった。「戦いの喜び」という言葉は、上流階級の恵まれた若者達の肉体の優美さとエネルギーを感じさせるもので、次に述べるブルックが称揚した「名誉」や「栄光」と比べて、「文学的俗悪さ」がない、とピントは指摘している。(9) W・B・イェイツが、一八九二年から一九三五年の間に書かれた詩を選んで編纂した『オックスフォード現代詩歌選　一八九二―一九三五』(一九三六)に、この詩を入れているのもおそらく、オーウェンの「哀れみ」を拒否し、「戦いの喜び」に共感したからであろう。

ジュリアン・グレンフェルを知る人たちは、死後、彼を騎士にたとえて「戦争の栄光とロマンスについて言われ考えられたもののすべて」を彼が具現していたと賞賛した。ジュリアンの弟のビリーも兄が死んだと同じ年の一九一五年、七月三〇日に戦死し、「騎士道的な形容辞」でもって多くの銃後の人々が二人を讃えたという。(10) もし彼がもっと長く生きて、ソンムの戦いを経験していたとしたら、どんな詩を書いたであろうか?

ルーパート・ブルックと「小イングランド主義」「ジョージアン」

第一次世界大戦で死んだ伝説的な戦争詩人にルーパート・ブルック(一八八七―一九一五)がいる。ラグビー校からケンブリッジ大学に入り、その知性と美貌で大勢の人を魅了したが、一九一四年九月に海軍に志願し(当時の海軍大臣ウィンストン・チャーチルが新しく編成した王立海軍師団にコミションを得て)入隊、ガリポリ遠征を目前にして敗血症のために死去。ブルックが経験した実戦は、一四年一二月にアントワープへ派遣されドイツの砲撃から住民を守った時だけである。そこでベルギーの難民の窮状を見て英雄的なミリタリズムに突き動かされ、翌一五年一月までに五篇のソネットから成る『一九一四年』を書きあげた。それらの詩には、「名誉」「栄光」「高潔」「神聖」のような「高尚な言葉遣い《ハイ・ディクション》」が使われて、パブリック・スクールで培われた好戦的な愛国心が表明されている。

その中で最も有名な「兵士」というソネットは、イングランドのために死ぬことがいかに誇るべきことかという殉教の詩で、まさに国が理想とすることを代弁していて、ブルックの死後たちまち有名になった。この詩には、どこか外国の地で死んでそこに埋められても（イギリスは戦没地埋葬を戦後すぐに決めていた）、その地が永遠に「イングランド」になり、脈拍は永遠に神の心臓で打ち続けることになるという考え方が盛り込まれている。前半だけを引用する。

もし僕が死んだら、このことだけを思い出してほしい。
外国の一角に永遠にイングランドである
地があることを。その豊かな地に
さらに豊かな塵が隠れていると。
イングランドが生み、形作り、目覚めさせ、
（かつて、）愛すべき花と、逍遥するための道を与えてくれた塵だ、
（外国の地に埋もれていても）イングランドの死体で、イングランドの空気を吸い、
故国の川に洗われ、故国の太陽の恵みを受けている。

この詩で称揚されているのは、「名誉」のための死というよりは、イングランドという「国」のための死である。美しいイングランドの恩恵を受けて育った人は、たとえ外国で死んだとしてもそこをイングランドに変えてしまうという自己中心的で偏狭なナショナリズムを表わしている。この考え方は「小イングランド主義」(“Little Englandism”)と呼ばれて批判されることがあるが、これについては後述する。

また、三番目のソネット「死者たち」では、若くして死んだ兵士たちのために弔いの軍隊ラッパを鳴らすよう呼びかけている。後半を引用する。

鳴れ、軍隊ラッパよ、鳴れ！ 死者たちは、枯渇した我々のために
　長い間失われていた「神聖さ」と「愛」と「痛み」をもたらしてくれたのだ。
「名誉」が、王として、地上に戻って来て、
　臣下の者たちに王の報酬を支払ってくれたのだ。
そして「高潔さ」が再びわれわれの道を進み、
　われわれは遺産を相続できるようになったのだ。

ガリポリ遠征に乗り出す前に不慮の死を遂げたブルックは、まだこのような「大げさな言葉」を信じることができた。西部戦線の塹壕で「泥と血」を経験していないからこそ書けた詩であると言える。サスーンは、ブルックの「高貴なソネットは、戦争初期に入隊した男たちのロマンチックな愛

国主義の感情を表現している」が、ブルックがもし死ななかったとしたら、きっと「国際的な屠畜場」を「辛辣きわまる風刺詩」で描いただろうと述べている。(11)

ところで、「小イングランド主義」というのは、一八八〇年頃から、イギリス帝国主義という「より大きな愛国主義」(“larger patriotism”)に対する批判から生じた言葉である。巨大な大英帝国は真の「祖国」とはなり得ないとして、帝国主義政策に反対し、「小イングランド主義者」という呼称をよしとするナショナリスト達が生まれた。(12) この「小イングランド主義」を特徴とするのが、「ジョージアン」と呼ばれる一群の詩人たちである。

「ジョージアン」はあまり英文学史上重視されてこなかったが、ロマン派や世紀末詩人から、モダニズムへと至る流れを橋渡しする位置に置くことができる。(13)「ジョージアン」という呼称は、一九一二年から一九二二年まで、ジョージ五世治下(一九一〇―三六)に刊行された『ジョージ王朝詩歌選』という詩集から来ている。ブルックやサスーンの友人であるエドワード・マーシュの編集で、全部で五冊の詩集が刊行された。大戦前から大戦後にかけて編まれたこの詩集は、ロマン派の伝統を引く田園趣味に満ちた初期の詩(「ジョージ王朝風」と呼ばれた)から、後期のモダニスト的な作風の詩に至るまでが含まれている。ブルックの「兵士」や慣れ親しんだグランチェスターを詠んだ詩も、サスーンやグレイヴズの戦争詩も、ウォルター・ド・ラ・メアの田園詩、ハロルド・モンロウやD・H・ロレンスのモダニスト的な詩も含まれている。この詩集に載った詩人がみな保守的な「小イングランド主義」にまとめられるわけではないし、ブルック自身も船酔いや性欲について物議をかもすような詩も書いている。『ジョージ王朝詩歌選』が英文学の二つの潮流をあわせ持つように、ブルック自身もハイブリッドであった。

ブルックは、ケンブリッジ大学の秘密結社的な知的サークル「使徒会」のメンバーで、反体制的なエリート集団ブルームズベリー・グループとも一時交流があり、社会改良をめざす社会主義団体「フェビアン協会」のメンバーでもあった。彼がただちに海軍に入隊した理由の一つには、祖国イングランドの田舎の美しさ、詩「兵士」の言葉で言うと、「永遠にイングランド」であるものを守りたいという願望があった。イギリス文化に工業化への偏見と、田舎に寄せるノスタルジアがあることに着目して、それを文学の潮流に認めていこうとする批評が前世紀後半に相次いで出ている。(14)こういう見方から言えることは、「ジョージアン」は、田舎へのロマン派的な郷愁と、新しいものに対する革新的でモダニスト的な視線の両方を併せ持っていたということである。「高尚な《ハイ・》言葉遣い《ディクション》」の使用は、工業化時代と、大戦という科学技術戦争への抵抗を示すものであると同時に、戦争詩人たちがモダンになるために脱していかなければならないものであった。

エドワード・トマス——イギリスの自然を守る

イングランドの自然への愛という点でブルックと共通し、実戦をほとんど経験せず、いわゆる「戦争詩」を書かなかった詩人として、エドワード・トマスをソンム以前の詩人として取り上げる。一八七八年生まれのトマスは、一九一五年七月に「アーティスト・ライフル連隊」（もともと芸術家を中心に、ナポレオンの侵略に備えて結成された歩兵連隊）に志願入隊した時には四〇才に近かった。ウェールズ系の両親のもとにロンドンの南部ランベスに生まれ、オックスフォード大学在学中に結婚し、書評を書いて生計をたて、エッセイや伝記や小説にも手を染めた。詩を書くようになったのは、一九一四年の終わりになってからである。全部で一四一篇の詩を書いているが、すべて一九一七年一月末に、王立砲兵隊の少尉としてフランスへ出征する前である。フランスへ渡って間もなく、四月九日、アラスの戦いが始まったその日に、砲弾の破片があたって死亡。国内での訓練中に（あるいはその前に）書いた詩がほとんどで、戦争に行ってから書いた詩がないトマスは「トレンチの詩人」ではないが、うち一二篇は戦争に直接間接に言及している。[15] 戦争がトマスに詩を書かせたという意味で、戦争詩人と言えるだろう。

トマスに特徴的なのは、イギリスの田舎への愛着である。子供の時に過ごしたイングランドのウィルトシャーやウェールズの田舎の風景や人々や生活に寄せる情熱は生涯消えることがなかった。ブルックのようにエリート主義的で自己中心的な小イングランド主義とは異なるが、イギリスの田園に寄せる彼のパストラル願望は特筆すべきである。その意味では、彼もジョージアンの詩人と興味を一にしているが、『ジョージ王朝詩歌選』に載っているわけではなく、この詩集に選ばれた詩人たちの詩評をし、ウォルター・ド・ラ・メアを除いてこれらの「マイナー詩人たち」に我慢ができなかったという。彼は「新しい世紀の音を聴きわけようとするかのように」単語の響きに耳を傾け、ハーディやイェイツやパウンドやロレンスについて洞察力ある批評をしている。[16]

トマスが入隊を決める要因になったのが、イギリスの風景への愛着と、アメリカの詩人ロバート・フロストとの出会いである。一九一四年八月イギリスが参戦した頃、トマス一家とフロスト一家は、グロスターシャーとヘレフォードシャーとの境界（ここにディモックと呼ばれる文学者村があった）で休暇を過ごしていた。この時のことを「太陽が輝いていたものだった」（一九一六年五月二二日執筆）という詩に書いている。トマスとフロストは、二人でゆっくりと散歩をしながら、毎日のように「人の噂や詩の話から／はるかかなたの戦争の噂」に至るまでを語り合ったという。

……戦争の話題が
月の出とともに思い出された。この月の出を
はるか東方にいる兵士たちもその時
見ていたことだろう。けれども、私達の目は、
十字軍やシーザーの戦いの方が想像
しやすかったのだ。……

この時「はるかかなたの戦争」であったものは、八月の終わりには、トマスにとって次のように変わってきている。これまで自分はイングランドの美を「愚かにも、美的に、奴隷のように」愛してきたが、「再びイングランドの風景を平静な気持でながめるためには自分も何かをしなければならない」[17]と、自ら兵士になって戦うことを考え始めている。一九一五年六月にアメリカへ一緒に行って文学活動をしようとフロストに誘われた時、アメリカではなくイギリスを選ぶことはトマスにとって入隊することを意味したのである。後に友人から何のために戦うのかを尋ねられて、しゃが

んで土を手に取り、「文字通り、このためさ」と答えたというエピソードがある。

「イギリスらしさと入隊と詩」という三点において、トマスにルーパート・ブルックとの共通点を見いだすエドナ・ロングリーは、ブルックへの対抗意識がトマスを入隊に駆り立てたのではないか、と推測している。[18] 確かにこれら三つの点は二人をつないでいるが、しかし、トマスがイギリスを愛する気持とブルックの偏狭な「小イングランド主義」とは異なるし、「名誉」や「犠牲」の感覚はトマスの詩にはない。志願の後、一四年一二月の末に書いた「これはつまらない善悪の問題ではない」という詩では、志願した理由を、ドイツ人への憎しみからではなく、年月をかけてつくりあげたこの善きイングランドを存続させなければならないと思うからだと説明している。最後の三行を引用すると、

彼女〔イングランド〕は私達が知っているもののすべて、生きる糧にしているもの、
私達がこんなに愛している彼女は、善であり、永続しなければいけないと確信している。
そして私達が自分達自身を愛するように、彼女の敵を憎むのだ。

ウェールズや敬愛するイェイツのアイルランドに関心を持っていた彼にとって、「イングランド」は政治的な境界線を越えて守らなければならない何かであったように思われる。

一九一六年一月に書いた「道」という詩は、トマスの死後フロストが「フランスへの道」と呼ぶべき戦争詩だと述べたものである。最後の三節を引用する。

今やすべての道はフランスへと続き、
生者たちの足取りは
重い。しかし、戻ってくる死者たちは
軽やかに踊る。

道が何を私にもたらそうが
私から何を奪おうが、
死者たちはぱたぱたと足音をたてて
私を仲間にしてくれる。

そして、丘陵地帯の曲りくねった道の
孤独に群がり、
町の喧騒と
つかの間集まる群衆を静かにさせるのだ。

道が曲がりくねりながら続くように、節から節へと文がつながり、生者と死者の交流が行われているさまが描かれる。道は生き物のように「もたらし」「奪う」し、足取りの重い生者に比して、死者は軽やかで活動的である。田舎の散歩を好んだトマスは、過去と現在、ウェールズ（引用の前の節にはウェールズ神話『マビノギオン』への言及がある）とイングランド、イギリスとフランスをつなど「道」に主役の座を与えている。

騎士のイメージをひきずり、殺戮を厭わず、戦場に平時と変わらぬ自然を見出したグレンフェル、愛国心と小イングランド主義の精神から出征したブルック、そして戦争が始まってから詩を書き始め、イングランドの自然への愛と戦争の爪痕を書きつづったトマス、三人三様のきわだった個性を見せながらも、祖国への忠誠は変わらなかったと言えるのではないか。

三　ソンムの戦い

これら三人の詩人達は、戦局が膠着状態になり、一九一六年七月に始まるソンムの戦いを経験していない。二人はそれ以前に戦死し、トマスが西部戦線に渡ったのはそれ以降で、行ってからは戦争詩を書かないまますぐに戦死している。次の章では、第一次世界大戦の分水嶺となるソンムの激戦の後にも戦争詩を書き続けた三人の詩人の変化を見て行くことにする。その前にソンムの戦いについて書いた文章を二つ紹介する。英仏連合軍がソンム川をはさんでドイツ軍と対峙し、塹壕戦を繰り広げたソンムの戦いは、最終的に両陣営で一〇〇万人以上の死傷者を出し、最も悲惨な戦闘と言われている。

戦争の真実

第一次世界大戦の報道を許された公認の特派員の一人、『デイリー・クロニクル』紙のフィリップ・ギブズは、一九一六年七月一日のソンムの戦い初日を「歴史的な七月一日」と題して次のように報じている。

二〇マイルの前線でドイツ軍に対して今日開始された攻撃は申し分のないものであった。まだ勝利とは言えない。勝利は戦闘の最後に訪れるからだ。これはまだ始まりにすぎない。しかしわが軍は素晴らしく勇敢に戦って、敵の前線の塹壕の大部分を一掃し、ドイツ軍が長い間占領してきた村や要塞を攻略したのだ。わが軍はやすやすとではないにしろ、根気強く前進を続けている。何百という敵がわが軍の捕虜となっている。敵の死者たちはわが連隊が進んだ道にうず高く横たわっている。従って、戦闘の第一日目の後、「万事うまくいっている」と感謝の念をもって言ってよい。英国とフランスにとって良い日であり、この戦争の前途が期待できる日である。この日に、勇敢な男たちの血がヨーロッパの湿地帯に流されるのである。[19]

前線に近づくことを許されず、オフィシャルな情報に基づいてのみ書かれたこの記事は、この日だけでイギリス軍が二万人の死者を含む五万人以上の死傷者を出したことに触れてはいない。銃後に向けて相変わらずの英雄的な虚飾がほどこされていた。

戦後になってギブズは『戦争の事実』(アメリカでのタイトルは『今だから語れる』)という本を出版し

て、ソンムの戦いをこのように語っている。

> ソンムの、移動する戦線の両側で何が起こったかについての私のこの本は、書くのと同じくらい読むのも恐ろしいことだろう。しかし、これらの記述は真実ほどには恐ろしくはないのである。というのは、一冊、いや一〇〇冊本を書いても、両陣営で二〇〇万人の兵士が巻き込まれたあの恐ろしい戦闘が引き起こしたシェル・ショック同様、個々人の苦痛も、途絶えてしまった心の源泉も、魂のショックも十分書き表すことはできないからだ。あの砲火に焼き尽くされた戦場は、いわゆる「勝利」をもたらしはしたが、現代文明は破壊し尽されてしまったのだ。[20]

ソンムの戦いを境に、自己犠牲を美化した英雄的・愛国的な戦争詩は、悲哀と幻滅と呪詛に満ちた反戦的な詩へと変わっていく。次の章で取り上げる三人の詩人たちは、厳密にソンムの戦いから、作風が変わったというわけではないが、初期に書いた詩と明らかな違いがあるか、グレイヴズのように戦争詩自体を逸脱しようとするものである。

注

（1） Ted Bogacz, "'A Tyranny of Words': Language, Poetry, and Antimodernism in England in the First World War", *Journal of Modern History* 58 (September 1986), p. 647. 大戦中に使われた high diction については、Paul Fussel, *The Great War and Modern Memory* (Oxford : Oxford UP, 1975), pp. 21–22 に表

にして示されている。Ex. friend→*comrade*, horse→*charger*, the dead→*the fallen*, soldier→*warrior* etc.

（2）「ゴシック・リヴァイヴァル」は、ロマン主義に端を発する中世懐古趣味で、建築や小説、室内装飾等に見られた。『オシアン』は、一八世紀スコットランドの作家ジェイムズ・マックファーソンが発見して英訳したと称する古代の英雄叙事詩で、当時ロマン派の作家たちの間で人気を博した。

（3）Mark Girouard, *The Return to Camelot : Chivalry and the English Gentleman* (London : Yale UP, 1981), p. 289.

（4）Malcolm Bradbury, *The Social Context of Modern English Literature* (Oxford : Basil Blackwell, 1971), p. 46.

（5）C. K. Stead, *The New Poetic : Yeats to Eliot* (London : Hutchinson, 1964), p. 49.

（6）一九一八年には、イギリス空軍大尉であったアラン・ボットが『雲間の騎士道』という本を書いて、飛行士と飛行機の活躍を騎兵隊の突撃になぞらえて讃えたというから、飛行機の場合には塹壕での戦いと違って、まだ勇気や栄誉が入り込む余地があったようだ。Cf. Paul Fussel, *Thank God for the Atomic Bomb* (New York : Summit Books, 1988), pp. 232–33.

（7）Jon Stallworthy, *Anthem for Doomed Youth : Twelve Soldier Poets of the First World War* (London : Constable, 2005), p. 27.

（8）Elizabeth Vandiverも、『イーリアス』第一二章の、サルペードーンが従弟のグラウコスに「武士に誉れを与える合戦」に出かけるよう誘った箇所に典拠を見出している。この箇所を参照すれば、いささか不可解な七行目の「戦おうとしない者は死んだ者」という言い方もわかりやすくなる。Cf. Tim Kendall, 'War Poetry' (http://war-poets.blogspot.com/) 吉武純夫もこの箇所を引用して、古代最古のホメロスにおいては、模範的な戦死を「美しい死」とみなす発想はなく、勝てないかもしれないが敵に向かって進むべきという規範があるだけだったと述べている。『ギリシャ悲劇と「美しい死」』、二五六—五七頁。

(9) Vivian de Sola Pinto, *Crisis in English Poetry* (London : Hutchinson, 1951), p. 123.

(10) Girouard, pp. 287–89.

(11) *Vanity Fair*, April, 1920 “Some Aspects of War Poetry in England : The Harrowing Battle of Poetry vs. Rhetoric” by Siegfried Sassoon.

(12) J. H. Grainger, *Patriotisms : Britain 1900–1939* (London : Routledge & Kegan Paul, 1986), p. 140, 144.

(13) C. K. Stead, *The New Poetic : Yeats to Eliot* (London : Hutchinson & Co., 1965), p. 84と、Martin Stephen, *The Price of Pity : Poetry, History and Myth in the Great War* (London : Leo Cooper, 1996)は、ジョージアン・ポエトリを英文学史の中に位置づけようとした例である。

(14) Malcolm Bradbury, *The Social Context of Modern English Literature* (Oxford : Basil Blackwell, 1971); Raymond Williams, *The Country and the City* (New York : Oxford UP, 1973); Martin Jay Wiener, *English Culture and the Decline of the Individual Spirit, 1850–1980* (Cambridge : Cambridge UP, 1981); Ted Bogacz.

(15) Silkin, pp. 86–87.

(16) Edna Longley (ed.), *Edward Thomas : The Annotated Collected Poems* (Northumberland : Bloodaxe Books, 2008) “Introduction”, p. 19. トマスは、抒情的なイェイツの詩に共感を寄せる一方で、イマジズムや「自由詩」のような、詩に視覚的・空間的効果をねらう傾向には批判的だった。p. 20.

(17) *The Nation*, 7 November, 1914 quoted in Longley (ed.), p. 297.

(18) Longley (ed.), p. 17.

(19) Samuel Hynes, *A War Imagined : The First World War and English Culture* (1990; London : Pimlico, 1992), p. 110に引用。

(20) Philip Gibbs, *Realities of War* (London : William Heineman, 1920), p. 363.

第2章　戦争を憎む

――シーグフリード・サスーン、ウィルフレッド・オーウェン、ロバート・グレイヴズ

一　ソンムの戦いを生きぬいた詩人たち

シーグフリード・サスーン――ガラハッドとの決別

一九一四年八月四日にイギリスがドイツに宣戦布告をする二日前に志願入隊し、第一次世界大戦を生き抜き、第二次世界大戦後まで生きのびたシーグフリード・サスーン（一八八六―一九六七）は、典型的な戦争詩人である。戦争を美化した初期の詩は、一九一六年頃を境に、戦争そのものの弾劾、そして、上官や聖職者や銃後の女性たちの批判へと劇的に変わっていく。

裕福な家系のユダヤ人の父と、彫刻家の家系でアングロ・カトリックの母親の間に生まれ、一九〇五年から二年間ケンブリッジ大学で歴史と法律を専攻したが中退、後は狐狩りや競馬やクリケットをしたり、詩を書いたりする優雅な生活を送っていた。トマス・ハーディやイェイツを愛読した。この時期の彼を特徴づけているのは、やはり田園生活への愛着である。戦後に出版されたエッセイ、『キツネ狩りをする男の回想録』（一九三七）や『古い世紀』（一九三八）には、子供時代から青年時代にかけて生活の舞台であったケント州に寄せる愛がみなぎっている。一九〇六年には

自身の詩集を私家版で出し、一九一四年の八月までに、エドワード・マーシュやルーパート・ブルックと知り合いになっている。[1] しかし、他にすべきことがあると思ったのか、一九一四年八月二日にサセックス・ヨーマンリーに騎兵として入隊する。二日後イギリスがドイツに宣戦布告をした時には、二八才のサスーンはすでに慣れない軍服を着ていた。

率先して志願した理由を、自伝的な『キツネ狩りをする男の回想録』で、こういうふうに説明している。久しぶりに帰ったわが家に黙って別れを告げ、自転車で「戦争」に向かったという。

どういうわけか、僕は戦争が避けられないものだということがわかっていた。そして僕が考えたのは、戦場に一番乗りをすることだった。実際、それはなかなか感動的な経験だった。次の週には他のみんなが入隊に急ぐとは思っていなかったけれどね。僕のしたことは、いわば、個人的な意思表示であり、そうしたことを誇りに思っている。[2]

ここを読む限りでは、入隊したのは「戦争が避けられないなら一番乗りをする」というだけの理由で、戦争の意味や愛国心について深く考えた上での志願であるとは思えない。

入隊はしたものの、戦場に行く前に、乗馬中に腕をけがして静養することになる。翌年五月に「ロイヤル・ウェルシュ・フュージリア連隊」に今度は将校見習いとして入隊する。入隊の直前もしくは入隊後九月までに書いたと思われる「罪の赦し」という詩には、戦争を神がふるう鞭とみなし、目的の定まらない過去の生き方に決別しようという気持が表われている。

大地の苦しみは我々の目を（罪から）赦してくれる、
我々が見ることができるものすべてに美が輝く（ようになる）まで。
戦争は我々へのむちだ。しかし、戦争は我々を賢明にしてくれ、
自由を獲得しようと戦うことで、我々は自由になるのだ。

負傷することの恐怖、敵への怒り、
そして望ましいものの損失――こういうものはすべて終わるはずだ。
我々は幸せな軍隊だ。なぜなら我々は知っているから、
時というのは草を揺るがす金色の風にすぎないということを。

他の人たちに劣らず（自分のものにしたい）人生を
手放したくないと思った時もあった。
この心の遺産が自分のものだと主張した今、
我々はこれ以上必要とすることがあろうか、我が同志よ、兄弟よ。

この詩に表現された戦争の受け止め方は、いち早く志願したエリート階級の若者に共通するものであっただろうと思われる。ブルックは、戦争ソネット集の中で、若者たちを眠りから目覚めさせてくれ、老いて倦んだ世界を後にする機会を与えてくれた神に感謝する詩を書いていた（「平和」）。ブルックの詩もサスーンのこの詩も「英雄的な犠牲」と「仲間意識《コムラッドシップ》」を称揚する典型的な初期の戦

争詩であると言える。

しかし、サスーンの詩はすぐに怒りに満ちた風刺詩に変わる。それは、戦場で実戦にたずさわり塹壕を初めて体験した後、弟ハモ（一九一五年一一月）と友人デイヴィッド・トマス（一九一六年三月）が戦死してからのことである。サスーンはそれ以後、「マッド・ジャック」と呼ばれるほど、復讐心に燃えて無謀な戦闘を繰り返し、一九一六年六月には戦功十字勲章を与えられる。しかし、この戦争が初期の目的を逸脱していると考えるようになり、上官や銃後の人々を痛烈に皮肉る詩を書き、戦争を批判するようになる。

この変化を物語る詩として、一九一六年一一月に書いた「英雄としての詩人」というソネットを挙げておこう。一九一六年一二月二日に『ケンブリッジ・マガジン』に発表されただけで、彼の詩集には収められていない[3]。

君は、侮蔑的で辛辣で不満足な私が、戦争を嘲り憎悪しているのを
聞いた。君は私に尋ねた、なぜ私が
かつての馬鹿げた柔和さを後悔しているのか、
私の恍惚感が醜い叫びに変わったのかを。
君は、かつて、私が輝く甲冑をつけて、落ち着き力強く
馬にまたがり、聖杯を探したことを知っている。

そして、私の幼い泣き声から
不滅の歌に似たものが上がっていったと言われているのだ。

しかし、今私はガラハッドに別れを告げたので、
もう夢と戦闘の騎士ではない。
なぜなら、欲望と愚かな憎しみが私を喜ばせ、
私の殺された友人たちは、私がどこへ行こうが、ついてくるのだから。
奴らの悪を打ちのめすために、赤い傷には傷で報復したくてしようがない。
そうすれば私の歌には罪の赦しがあるのだ。

戦争の大義を信じ、聖杯伝説の騎士、清廉潔白で騎士道の理想のすべてを体現したガラハッドのように戦っていた自分と決別し、殺された仲間のために報復することに「罪の赦し」があるとする詩である。前に書いた「罪の赦し」という詩を全面的に否定する内容になっている。騎士道の理念と用語がもはや通じなくなったのが大戦の現実であることを表明する詩である。

この詩に先立って一九一六年四月に、「キス」という、サディスティックな殺戮願望を書いた詩がある。「弾丸」を「兄弟」、銃剣を「姉妹」と呼びかけ、三節から成る詩は次のように始まる。

私が向い、頼るのは——

鉛の兄弟と鋼鉄の姉妹。
彼のやみくもの力に私は訴えかけ、
彼女の美しさが錆びつかないように守るのだ。

弾丸は飛んで「私の賞賛を得ようと頭蓋骨を割る」が、銃剣は「下に向けて投げるキス」で敵に最後の一撃を与えるという。暴力礼賛のように思えるこの詩は、ソンム地方の前線勤務を離れて陸軍学校で訓練と講義を受けていた時、一人の少佐が殺人の過程を冷淡かつ論理的に説明したのにショックを受けて書いたものであるらしい(4)。おそらく、この詩はサスーンが向かっていく皮肉をこめた風刺詩、読者に手榴弾を投げつけるような寸鉄詩の早い例であろう。

憎しみは銃後の人々にも向けられる。一九一七年初め賜暇中に書いた「くだらない連中」という詩では、演芸場の客席に戦車がやって来ることを想像し、銃後に留まった連中に辛辣な眼を向ける。また、一九一七年七月から一一月の間に入院中のクレイグロッカート軍事病院で書いた「女たちの栄光」では、勲章をありがたがり、兵士を英雄としてほめたたえる銃後の女たちを軽蔑して、「……君たちは／騎士道は戦争の恥辱をあがなってくれると思っている」と批判している。

サスーンの変化を物語る象徴的な事件は、一九一七年四月に負傷した後、戦功十字勲章をマージー川に投げ捨てたことと、一九一七年六月三〇日に議会で公表された、戦争はやめるべきだという軍当局への申し入れである。戦争をやめるべき理由は、「この戦争はこれを終結させる力のある者たちによって、故意に引き延ばされている」「防衛と解放のための戦いだと思って従軍したこの戦いは、今では侵略と征服のためのものになってしまっている」からであった。初期の目的を逸脱したこの戦争はやめるべきだという主張であって、平和主義者としての立場から戦争一般に反対しているわけではない。この宣言をするきっかけになったのは、一六年八月、療養中に反戦論者のレイディ・オットリン・モレルや良心的懲兵拒否者のバートランド・ラッセルに出会って、戦争の大義を疑うようになったことである。一六年七月のソンムの戦いもこの心境の変化に影響を与えたに違いない（但し、この時サスーンは予備軍にいたので戦闘には加わっていない）。この宣言は取り上げられるはずもなく、サスーンは、ロバート・グレイヴズの機転のおかげで、シェル・ショック患者としてエディンバラのクレイグロッカート軍事病院へ送られることになる。ここで出会うのが、シェル・ショックで入院中のウィルフレッド・オーウェンであった。

ウィルフレッド・オーウェン――愛国主義からその否定へ

オーウェン（一八九三―一九一八）は、下層中産階級出身の、敬虔な福音主義者の両親のもとに生まれ育った。子供の頃に過ごしたイギリス中部のチェシャーやシュルーズベリーの田園風景は彼の想像力に働きかけ、両親ともウェールズ系であることでケルトの豊かな想像力やメリンコリックな感情を受け継いでいると信じていた。[5] 一九一一年の終わりから司祭の見習いを始めたが、福音主義や教会に対して懐疑的になり、一九一三年の初めには見習いを辞めている。[6] 両親が経済的に困窮していたため、大学へ行く道が見いだせないまま、大戦が起こった時には、フランスで英語を教えていた。イギリスのロマン派詩人、特にシェリーやキーツの詩に共鳴し、自らも詩を書き、フランスの象徴派の詩人でボヘミアンのロラン・タイヤルドと交わっていた彼は、ブルックやサスーンのようにすぐさま志願したわけではない。開戦のニュースを聞いて彼が書いたのは芸術にとっての冬の訪れである。

「一九一四年」

戦争が起きた。そして今世界の「冬」が
ものみなを滅ぼす暗闇と共にせまってくる。
ベルリンを中心に起こったいまわしい竜巻が、
ヨーロッパ中に逆巻き、
進歩の帆を切り裂いてしまう。芸術の旗はみな
切り裂かれるか、巻き上げられてしまう。詩が泣き叫ぶ。
思考と感情の飢えが今始まるのだ。愛の酒はうすまり、
人類の「秋」の種は投げつけられて、朽ちてしまう。

というのは、「春」が古代ギリシャで花開き、
「夏」が古代ローマでその栄光を輝かせた後
「秋」がひとつゆっくりと落ちるのだ。収穫を祝う祭が、

ゆっくりとした偉大な時代が、実り豊かな秋が。
しかし今、われわれは荒々しい冬を迎え、新しい「春」のために
種まきをし、種のための血を必要とするのだ。

オーウェンの関心は芸術であり、戦争を芸術に与えられた試練ととらえ、「愛国心」や「義務」といった価値観は全く顧みられていない。オーウェンの詩にイギリスのロマン派だけでなく、フランスのデカダンの影響を認めるドミニク・ヒバードは、「種のための血を必要とする」という表現は、苦痛や死や殉教へのデカダン的な憧れを表わしていると指摘している。(7)

しかし意外なことに、オーウェンが開戦に際して、これより早く書いたと考えられる好戦的な内容の詩が他にある。彼はこの詩を何度も書き直し、何度も題名を変えた末、一九一八年には結局出版しないことに決めている。ストールワージーによるオーウェンの伝記には引かれているが、彼の編集による一九八五年版の簡略版『オーウェン詩集』には掲載されていない。(8)

「平和と戦争のバラッド」

おぉ、人々と平和に暮らすことは
　ふさわしいことだし、とても甘美なことだ。
しかし、同胞のために戦争で死ぬのは

もっと甘美でもっとふさわしいこと。

……

老人たちにはうるわしい日々が残され
　子供たちのほおは紅潮している。
それは、よき若者たちの四肢が冷たく横たわり、
　彼らのりりしいほおが血にまみれているからだ。

ストールワージーが言うように、この詩は「一九一四年」と同時期に同じ詩人が書いた詩とは思えないし、後に書いた詩「甘美で誉れなり」でホラーティウスの言葉を否定した反戦詩人の立場とは相いれない主張である。

しかし、オーウェンがこの詩にこだわり続けたのは、サスーンと同様に彼が軍隊生活や戦闘が与える一種の高揚感、歓喜に惹かれていたからであるかもしれない。この草稿でオーウェンが書いているのは、「祖国のための死」ではなく、「同胞のための死」である。「よき若者たちの四肢が冷たく横たわり、彼らのりりしいほおが血にまみれている」という言い方からは、テュルタイオスの「美しい死」が思い起こされ、オーウェンが一九一八年頃に書いた詩「より偉大な愛」の死にゆく兵士の美しさ（「(女性の) 赤い唇も、イギリス兵の死者が／キスをして血まみれにした石ほど赤くはない

……」）につながっていくように思われる。「祖国のために死ぬことは美しくかつ誉れなり」というホラーティウスの言葉がテュルタイオスの「美しい死」に基づいているとすれば、オーウェンが「美しくかつ誉れなり」で「美しい死」を否定した時には、「美しい死」をたたえたこの詩を残しておくことはできなかったのであろう。実戦の経験から「美しい戦死」があり得ないことを知った彼は、ホラーティウスの言葉を真っ向から否定することになるが、「より偉大な愛」のような詩が同時期に書かれていることを思うと、また別の彼の性向を考えあわせるべきかもしれない。

オーウェンは、開戦の知らせを当時住んでいたボルドーで聞いた時も、詩人として生きていく道を模索していた。フランスの若者たちが次々と出征し、人々が「戦争熱」に沸き立つ様子を目の当たりにしながら、「木陰のある庭で肘掛け椅子にすわって新聞を読み時間を過ごしている」[9]自分を恥じている（一九一四年八月一〇日付弟のコリンあて）。しかし、八月二八日に母親のスーザンにあてた手紙には、「このヨーロッパの凌辱を目の当たりにして、自分自身の生活がいっそう大切であると感じています」と書いている。その一方で、「キーツやその他の詩人たちが書いた言語を永続させる」ために戦場に立つべきだという迷いもあり（一二月二日付母あて）、一五年二月六日の母あての手紙でも、

出征するという考えを捨ててしまったわけではありません。……　父が言うように、僕の現在の生活は特にどこかへつながっていきはしません。……　深い水の深さを測り、いろいろな観測塔から眺めてみました。すると深い水は恐しくて、そこでは息ができなくなったのです。

と、逡巡が続いている。最終的に戦う意志をかためたのは、海外からイギリスに帰る者には「コミション」が与えられることを知ったのがきっかけの一つであるようだ（一九一五年六月二〇日頃母あて）。ブルックやサスーンやグレイヴズのように、パブリック・スクール出身で大学に進んだ上層中流階級以上の若者には「コミション」が与えられるが、その権利を有さないオーウェンにとって、このニュースは魅力的であった。一九一五年の秋には、「アーティスト・ライフル連隊」に士官候補生として入隊する。イギリスで徴兵制度が導入される直前、志願兵殺到の最後の波にのっての入隊であった。

訓練の後、翌一六年六月初めにマンチェスター連隊に見習い少尉として配属される。一七年一月にはソンム地方のボーモン・アメル近くの塹壕に送られ、ここでロマンチックな冒険という戦争に対する幻想をことごとくうち破られる。砲弾が炸裂して生き埋めになりかけたり、死んだ兵士と同じ砲弾穴に留まったり、また、ガス攻撃を受けて苦しむ仲間を助けられなかった経験（「美しくかつ誉れなり」）をしたり、オーウェンはシェル・ショックと診断されて一七年六月末にはエディンバラのクレイグロッカート軍事病院へ治療のために送られる。サスーンが入院してきたのはこの少し後で、すでに詩人としてもエッセイの書き手としても有名であったサスーンと無名の詩人オーウェンとの交流が始まることになった。休戦条約締結のわずか一週間前に戦死したオーウェンは生前五篇の詩が公刊されただけで、死後オーウェンの詩集を最初に出版したのはサスーンである。

この病院でサスーンのアドヴァイスを受けながら書きあげた作品の一つに「呪われた運命の若者たちへの賛歌」というソネットがある。

家畜のように死んでいくこれらの者たちを弔う鐘はどのようなものだろうか？
　　——銃がたてるぞっとするような怒りの音だけだ。
　ライフル銃が断続的にたてる速い音が
大急ぎの祈りを唱えるだけだ。
もう彼らにはあざけりの儀式も、祈りも鐘の音もいらない。
　泣き叫ぶ砲弾の、甲高い狂った合唱隊を除いては、
弔いをする声はいらない、
　彼らを失った故郷から軍隊ラッパが彼らを呼ぶだけでたくさんだ。

どんなろうそくが彼らみんなにさよならを告げるのに掲げられるだろうか？
　少年たちの手ではなく、彼らの目に
別れの聖なる（ろうそくの）灯が輝くのだ。
　少女たちの額の青白さを、柩にかける布の色とせよ。
彼女たちの持つ花を、忍耐強い精神の優しさとせよ、
日々のゆっくりとした日暮れを、日除けをひいて死者を弔うこととせよ。

この詩は、「家畜のように死んでいく」若者たちを弔うのに教会の儀式がもはやそぐわなくなり、「軍隊ラッパ」だけがふさわしいことを、静かな憤りをこめて書いている。二節目の描写にはロマン派やデカダンの影響が読み取れる。「美しくかつ誉れなり」や「傷ついて」もこの頃書かれた詩

で、兵士に向ける哀れみと同時にキリスト教会や市民への批判がこめられている。療養を終え、負担の少ない連隊の仕事を許されて、一九一八年五月に北ヨークシャーのリポンに滞在していた時は、詩に手を加えたり、新たに書き上げたり、充実した時を送ったようである。その時書いたものに、自分の詩集を出した時に添えようとした「序文」がある。

この本は英雄たちのためのものではない。イギリスの詩は英雄たちについて語るにはまだふさわしくないのだ。

またこの本は、功績や国や、また栄光、名誉、権力、権威、支配、力についてでもなく、「戦争」についてである。

中でも私は「詩」には興味がない。

私の主題は「戦争」であり、「戦争」の哀れみである。

「詩」は哀れみのなかにあるのだ。

しかしこれらのエレジーは今の世代の人々にとってはどんな意味でも慰めになるものではない。次の世代の人々にとっては慰めになるかもしれないが。詩人が今日できることは警告することだけだ。

そういうわけで真の「詩人たち」は正直でなければならないのだ。(10)

この序文は完成したものではなく、推敲の途上のまま残されていたものにすぎないが、オーウェンの戦争詩の意図をよく表している。彼が否定する「詩」は、たとえば、名誉や殊勲を讃えた詩、ロマンチックな詩、因習的な詩であろう。彼があこがれたジョージアンの詩ももはや興味の対象ではないように思える。「戦争の哀れみ」について書くのではなく、彼の詩そのものが「哀れみ」であるというのが、実戦の経験を通してオーウェンが到達した結論ではないだろうか。「序文」の少し前に（一九一八年一月から三月）リポンで書いていたと思われる「奇妙な出合い」という詩に、この言葉が出てくる。「地獄」で出会った敵は、「未だ語られていない真実／つまり、戦争の哀れみ、戦争が蒸留した哀れみだ。」と語る。西部戦線で兵士たちの置かれていた実態をよく知っていたオーウェンは、次世代の人々に、戦争を「哀れみ」という点から見てほしいという願いをこめてこの序文を書いたのであろう。「哀れみ」は決してキリスト教的なものではなく、古代の英雄詩にも表れていて、序章で引用した『イーリアス』の、アキレウスがヘクトールを引き回す場面や、妻や年老いた両親がヘクトールの死を嘆く時に読者が感じるものでもある。古代英雄詩では「哀れみ」が主題であるとは言わないだけではないだろうか。

クレイグロッカート以降に書いては推敲を重ねていたと思われる、「無感覚」「奇妙な出会い」「甲斐なきこと」「より偉大な愛」「老人と若者の寓話」をはじめとする詩には、戦争批判とともに兵士に寄せる「哀れみ」がこめられている。一九一八年八月終わりにフランスの前線に復帰、勇敢な働きと指導力により、サスーンと同じ戦功十字勲章を受けるが、一一月四日、休戦条約が締結される一週間前に戦闘で死亡。二五才であった。

ロバート・グレイヴズ――感傷よりパロディ

グレイヴズ（一八九五―一九八五）は戦争詩人という範疇におさまらない。ブルック、サスーンと同様にジョージアンの詩人として出発し、オックスフォード大学の奨学金の試験に合格していながら、すぐに志願して出征し、「ロイヤル・ウェルシュ・フュージリア連隊」の少尉となった。同じ連隊の違う小隊に属していたサスーンとは、すぐに文学を通して友人になっている。戦争詩を書き、詩集を出したが、一九二七年には自分の選集から戦争詩をはずしている。戦死報告が間違って出るくらい勇敢に戦い、中尉から大尉にまで昇進している。戦後、オックスフォード大学で英文学と古典を勉強した後、戦争体験記『さらば、古きものよ』を出版したが、大戦と決別を告げる内容はいろいろと物議をかもしだした。大戦とは関係のない、歴史や古典に基づいた小説、また、父親がアイルランド系であったため、アイルランド神話についての本を多数出している。

無名の時代にエドワード・マーシュの『ジョージ王朝詩歌選』第三巻目から詩を載せてもらっているが、彼の詩の特徴はジョージアンの田園詩や感傷ではなく、リアリズムとパロディにある。

『ゴリアテとダヴィデ』（一九一六）におさめられた「死んだドイツ兵《ボッシュ》」という詩には、戦場の残酷さとホラーが描かれている。マメッツの森で彼が見たものは、

汚いものが散乱した中で、
　砕けた木の幹にもたれていたのは、
死んだドイツ兵《ボッシュ》だった。顔をしかめ、悪臭を放ち、

服と顔はふやけて緑色、
腹はふくらみ、メガネをかけて、髪は短く刈りそろえ、
鼻と口髭から黒い血をしたたらせている。

死んだ敵兵の描写のリアリズムは、読む者にショックを与えはしても、オーウェンのように「戦争の哀れみ」をすぐに感じさせるものではない。(11) 感傷を交えずに、戦争のおぞましい現実をつきつけるのがグレイヴズの特徴である。

パロディとしては、「愛国心」を詠ったブルックのソネット「兵士」を皮肉る詩を『妖精《フェアリー》とフュージリア連隊』(一九一七)に載せている。

「もし僕が殺されたら」

もし僕が殺されたら、カンブラン[北フランスの戦場]の森に
埋められているなんて考えないでくれ。
また我慢できない善人と一緒に、
天国《シオン》にいるなんて思わないでくれ。
僕がよく知っていることが一つある。
絶対地獄になんか落とされないからな!

……

こういう調子で始まるパロディを書いたのは、ブルックの詩に対するグレイヴズの評価が変わってきたことが一因である。戦後に出された二巻の『ジョージ王朝詩歌選』（一九一九、一九二二）はすでに初期の人気を失っていて、グレイヴズは、年長の詩人と、戦争体験によって培われた詩人の二部構成にするようにとマーシュに薦めている。[12] これには、自分を「ジョージ王朝の孤児」と考えるようになったグレイヴズの、ブルックを含めたジョージアンとの決別の念がこめられているのかもしれない。

また、序章で紹介したリチャード・ラヴレイスの「ルーカスタへ、出征に際して」をパロディにした作品が同じ詩集にある。

「ルーカスタへ、出征するのにあたり――四度目に」

原因が何か、われわれが何をただそうと戦っていると
　言われているのか、そんなことはどうでもいい。
条約や同盟や法律なんかくそくらえだ、
　戦わなければいけないいなら。
それに俺たち若者が誇りたかく誠実ならば、

戦う以外にどんなことができるというのだ？
ルーカスタよ、君の恋人が戦争を憎みつつも
フランスへ四度目に戻りながら、
できる限り平静に笑い、
ののしり言葉をなげつけるが、それ以上は何も言わない。
それは、勇気でも恐れでもない――
彼はフュージリア連隊の兵士で、
プライドが彼をここに送ったのだ。

政治家はいばらせ、どならせ、がなりたてさせればいい。
この血みどろの戦争をおっぱじめたのは誰なのか、
誰がその償いをするのかを決めさせればいい。
だが、彼は勇敢でなければいけない、
平静に腰をおろして賭けをしなければいけない、
死神とトランプ遊びをする時に。
彼が君のために戦っているなどとうぬぼれてはいけない。
勇気でも愛でも憎しみでもないのだ。
俺たちが今していることをさせているのは。
心をこんなに高潔なものにしているのはプライドなのだ。

怒りではない、いや、恐れでもない——
彼はフュージリア連隊の兵士で、
　プライドが彼をここに留めているのだ。

ルーカスタの恋人（リチャード・ラヴレイス）が「われわれフュージリア連隊」の一員であるかのように、戦争へ戻ったのは、「勇気」や「恐れ」や「愛」や「憎しみ」や「怒り」からではなく、ひたすら「プライド」のためであることを、ルーカスタに呼びかけて教えてやっているという詩である。グレイヴズ自身の戦う理由を説明しているようでもあるし、ラヴレイスの詩の解釈ともなっている。序章でラヴレイスのこの詩を扱った時、騎士道精神の「名誉」が彼を戦争に行かせたと書いたが、グレイヴズは「名誉」ではなく「プライド」であると捉え直している。騎士道の時代から大戦に至るまでの長い兵役の歴史を、「プライド」という動機からくるものと集約してみせたのだ。

二　その他の戦争詩人たち

ソンムの戦いの以前と以後とに分けて、それぞれ三人ずつ戦争詩人を紹介してきたが、もちろんこの分類にすべての詩人があてはまるわけではない。ソンムの戦いが起こる前に死亡したチャールズ・ソーリー（一八九五―一九一五）は、戦死が、ホメーロスの言うように美しいものでも名誉でもないことを見抜き、「死とはそんなもの」や「無数のもの言わぬ死者たちを見る時」という詩を書いて、ブルックの戦争ソネットを、過剰に自己犠牲にこだわっていると批判した。[13] ブルックを批判した戦争詩人としては、他に、ロシアからの移民の子で絵画と詩の両方に才能を発揮したアイザック・ローゼンバーグ（一八九〇―一九一八）がいる。ブルックの詩を「栄光にこだわりすぎたソネット」と評したが、彼自身もイングランドに対する愛国的な詩――とりわけ詩の言語としての英語を礼賛する詩を書いている。[14]

最後まで生き残った詩人としては、音楽の才能に恵まれたアイヴァー・ガーニー（一八九〇―一九三七）や、奇跡的に数々の激戦を生き延び、戦後はガーニーの詩集の編纂もした文芸評論家エドマンド・ブランデン（一八九六―一九七二）がいる。ガーニーは、従軍中に毒ガスを吸って戦線を離脱し、後半生を精神病院で過ごした。生まれ故郷グロスターのセヴァン川やコッツウォルドに寄せる愛情を戦争詩にうたい、ジョージアンの詩人たちと交わり、彼らの詩に作曲をしたこともある。ブランデンの詩は、エドワード・トマスのように田園風景を描写したものが多く、戦争の情景の中にも自然描写が入り、戦争体験記『戦争の低音』（一九二八）が示すように、静かに淡々と戦場の風景や兵士達の日常を描いている。戦争への呪詛とは無縁である。このように多彩な才能を持った青年たちが出征し、（ブランデンを除いて）犠牲になったことは計り知れない損失を生んだ。

ジョージアンの田園詩と重なるところから出発した大戦詩は、おそらくはソンムの戦いを境として、モダンな詩へと変わっていった。戦争詩人の中で「モダニスト的」と呼べるのは、ハーバート・リード（一八九三―一九六八）である。彼の「幸せな兵士」は、ワーズワースがネルソン提督をモデルにして書いた詩「幸せな兵士の性格」を下敷きにしたものであるが、リードは、理想的な兵士とは、敵を殺し、生きのびる兵士のことであると皮肉な詩にしている。

彼の荒々しい心臓は、痛々しいうめき声を伴って鼓動する
彼の緊張した両手は氷のように冷たいライフル銃を握り締める
彼の痛むあごは熱くからからに乾いた舌をつかむ
彼の大きな目は無意識に探し求める。

彼は叫ぶことができない。

血にまみれた唾液が
彼のぶざまな上着をしたたり落ちる。

私は彼が何度も
何度も殺しがいのある
ドイツ兵《ボッシュ》を突き刺すのを見た。

　これが幸せな兵士だ、
　これが彼だ……

最後の二行はワーズワースの言葉をそのまま使い、全く異なる「幸せな兵士」像を提示してみせた。この詩は、リードの第二詩集『裸の兵士たち』(一九一九)の中の「戦争の情景」を描いた詩群のひとつである。彼の詩は、大戦前から英米で始まったイマジズムの影響を引くもので、鮮烈なイメージの提示と正確な言葉遣いを特徴とする。イマジズムはモダニズムの先駆けとなるもので、ロマン派からヴィクトリア朝の詩を経てジョージアン詩につながる英国の伝統的な詩の本流とは異なる。モダニズムの詩の出現は、パウンドやエリオット等の戦争に行かなかったアメリカ人を待たなければならなかった。(15)

戦争を名誉や愛国心やあるいは男らしさを示す機会ととらえる見方は、第一次世界大戦の終わりに至ってようやく消失したと言えるのではないだろうか。序章で見たように、好戦的な考え方と反戦論とは古代から共存してきた。新しい戦争の現実——大量殺戮兵器の脅威とそれと対照的な塹壕での蟄居生活——が好戦論と好戦的な詩をようやく下火にさせたのである。(16) パブリック・スクールの騎士道や軍事教育や古典教育を重んじる教育は、故国のために戦うことをよしとした。また、上流階級は「ノブレス・オブリージュ」の精神からも進んで出征した。普段家で雇っている召使ぐらいしか下層階級と接触の機会がなかった若者たちが、将校となって、下層階級出身の兵卒の面倒を見ることになったのである。同じ塹壕に留まる兵士たちには特別な仲間意識が生まれたという。大戦詩人たちの参戦理由として顕著に見られたのは、イギリスの自然に対する憧憬、パストラル願望であった。イギリスの自然を守ろうとする気持がイギリスへの愛国心となって戦争を遂行させた。

それは大英帝国の最後の残照に輝くエドワード七世時代（一九〇一―一〇）への懐古的まなざしと一つになっていた。

注

（1）『ジョージ王朝詩歌選』（一九一二）の第一巻を夢中で読んでいたが、第三巻（一九一七）には初期の戦争詩を含めて自作の八作を入れてもらうことになる。

（2）Siegfried Sassoon, 'Memoirs of a Fox-Hunting Man,' in *The Complete Memoirs of George Sherston* (London : faber & faber, 1937, 1972), p. 228.

（3）Jean Moorcroft Wilson, *Siegfried Sasson — The Making of a War Poet : A Biography 1886–1918* (New York : Routledge, 1999), p. 310.

（4）Wilson, pp. 250–53.

（5）Dominic Hibberd, *Owen the Poet* (Basingstoke : Macmillan, 1986), p. 2.

（6）Silkin, p. 197.

（7）Hibberd, *Owen the Poet*, pp.30–31; *Wilfred Owen : A New Biography* (London : Phoenix, 2002), pp. 170–71. そう考えると、この傾向は今までに挙げた他の戦争詩人についてもあてはまり、のどかなイギリスの田園風景をうたうロマン派／ジョージアンは、日没に殺戮の血や暴力や退廃を見るデカダンの詩人達の直系でもあったと言える。因習的な道徳からの解放と強烈な感動を求める彼らは、戦争を現実の「退屈」から逃避するきっかけととらえていた。ブルックの「一九一四年」の詩にそれを読み取ることは易しい。「未来派」の詩人マリネッティが一九〇九年に、「戦争は世の中を清潔にする唯一の健康法」と宣言したのと同じように、ブルジョワにショックを与える表現や行動をジョージアンの詩人たちは好んで使った。特にサスーンの後期の風刺詩にはそれが顕著に認められる。この詩を書いた時、オーウェンは自身が戦場で血を流すことを予感していたわけではなく、戦争を犠牲と殉教の機会ととらえるデカダン的な考えを表明したと考える方がいいだろう。

（8）伝記は、Jon Stallworthy, *Wilfred Owen* (Oxford : Oxford UP, 1974), pp. 104–05. 詩選集は、Stallworthy (ed.), *The Poems of Wilfred Owen* (London : Chatto & Windus, 1985). 詳しい草稿過程や断片を掲載した全集は、Stallworthy (ed.), *Wilfred Owen : The Complete Poems and Fragments* (1983. London : Chatto & Windus, 2003) 参照。Hibberd, *Owen the Poet*, pp. 58–59; *Wilfred Owen; A New Biography*, p. 201, pp. 251–52, p. 311, p. 330 にも言及あり。

（9）John Bell (ed.), *Wilfred Owen : Selected Letters* (Oxford : Oxford UP, 1985)

（10）Stallworthy (ed.), *The Poems of Wilfred Owen*, p. 192.

（11）Martin Stephen, *The Price of Pity : Poetry, History and Myth in the Great War* (London : Leo Cooper, 1996), p. 131.

（12）Martin Seymour-Smith, *Robert Graves : His Life and Work* (1982. London : Paladin Books, 1987), p. 107.

（13）Jon Stallworthy, *Anthem for Doomed Youth : Twelve Soldier Poets of the First World War* (London : Constable, 2002), pp. 35–37.

（14）Stallworthy, *Anthem*, pp. 164–65.

（15）モダニストと呼べる戦争詩人は、デイヴィッド・ジョーンズ（一八九五—一九七四）である。ソンムの戦いも含めた歩兵としての従軍体験を『括弧に入れて』という、詩とも散文ともつかないような作品にまとめて発表したのは、一九三七年である。T・S・エリオットの序文つきで、エリオットの長編詩『荒地』と同じフェイバー社から出版され、エリオットに「天才の作品」と評価された。
(16) Paul Fussel は、第二次世界大戦を特徴づけるのは「沈黙」だとしている。第一次世界大戦の兵士詩人たちが饒舌であったのに対し、戦争を解釈したり、理解しようとしたり、非難したりすることを誰もふさわしいとは考えなかった、と述べている。'Killing, in Verse and Prose', p. 131 in *Thank God for the Atomic Bomb* (New York : Summit Books, 1988)

第3章　「血と音と数限りない詩」

――もう一つの大戦文学『ワイパーズ・タイムズ』

一　「文学的戦争」

ポール・ファッセルは、第一次世界大戦がどのように「現代の記憶」をつくったかを論じた『大戦と現代の記憶』（一九七五）の中で、第一次世界大戦を「文学的戦争」と呼び、一章をこの分析にあてている。(1) こう呼んだのは、それまでの戦争とは異なり、出征した兵士、特に下級将校の中に、戦争詩や従軍記を書き残せるような教育のある階級が混じっていたからだけではない。一九世紀の教育改革のおかげで、一般兵士はただ単に「読み書きができる」(literate) だけでなく、「文学的」(literary) にもなっていて、古典や英文学の素養を身につけていたからである。一九世紀後半には、図書室や読書室を備えた労働者のための施設 (Workmen's Institute) や、同じ本を家庭で読んだ後定期的にその勉強会をする組織 (National Home Reading Union) が始まっていて、それらの場で重視されたのは文学教育であった。二〇世紀初めに刊行が始まった「世界古典叢書」(World's Classics) と「エヴリマン叢書」(Everyman's Library) は、こういう組織で使うのに最良のテキストとされ、労働者階級が教養を身につけ、階級制度の中で上昇するのに役立ったという。[2]この理由をファッセルは、映画はないも同然、ラジオもテレビもなく、楽しみといえば、セックスと飲酒くらいであった一九一四年のイギリスでは、徹頭徹尾、文学や劇やミュージック・ホールや噂話に至るまで、要するに言語の巧みな組み立てに人々の関心が集まっていたからであると説明している。そうであったとしても、兵士の大半を占めた貧しい労働者たちが、リュックサックに一様に詩集を詰めて前線に行ったとは考えにくい。

しかし、ファッセルがこの本で中心的に扱っているのは、ロバート・グレイヴズ、シーグフリード・サスーン、ウィルフレッド・オーウェン、エドマンド・ブランデンのような西部戦線で戦った代表的な戦争詩人たちであって、彼らの反戦文学がイギリスの「現代の記憶」を形作ったというのが彼の主張であった。これに対して、一九九〇年代から、歴史家を中心にファッセル批判が相次ぎ、これらエリート兵士とは異なり、最後まで戦争の大義を信じ、義務を忠実に果たそうとした兵士が多数いたこと、そして、死者を追悼し生者を癒す伝統的な追悼の仕方を、怒りや絶望に満ちた「現代の記憶」にファッセルがすり替えてしまったことが指摘されるようになった。[3]「泥、血、雨、ネズミ、苦痛、狂気、ショック、残酷」のような言葉で大戦のイメージをつくりあげたのは、上層中産階級出身で教育のある、ひとにぎりの戦争詩人たちであり、大戦の歴史が彼らによっていわば「ハイジャック」されてきたというのが歴史家の感じた不満であった。根本的な問題は、ファッセルが「文学」を使うことによって、「歴史」を理解しようとしたことにあると言える。歴史家による軌道修正に伴って、大戦研究は、それまでの西欧、白人男性、西部戦線、将校階級を中心にしたものから、植民地、女性、東部戦線、兵卒を視野に入れたものに変わってきている。

この章で取り上げるのは、「兵士による、兵士のための、兵士の新聞（雑誌）」とも呼ぶべき、トレンチ・ジャーナル（trench journal : soldier newspaper : unit magazine）である。これは、戦場で一般兵士が書いて回し読みをした新聞で、ウィットやユーモアや皮肉や風刺がきいていると同時に、豊かな文学性を持っている。文学がイギリスの国民に想像以上に浸透していたことは、銃後で書かれた詩の多さからだけではなく、戦場でもこういう新聞が流通していたことからも明らかであろう。トレンチ・ジャーナルには、大戦詩とは全く異なる、一般の兵士たちが何とか戦争に耐えていくために見出した、もう一つの文学のあり方がうかがえる。その中から代表的な新聞で、今も毎年のように版を重ねて本として出版されている『ワイパーズ・タイムズ』（*The Wipers Times*）を分析しつつ、さらに、大戦時のイギリスの文化的背景を検討しようと思う。

二　トレンチ・ジャーナルとは？

イギリス軍が発行していたトレンチ・ジャーナルの全貌を初めて研究したJ・G・フラーによれば、第一次世界大戦は空前のトレンチ・ジャーナル熱に沸いた戦争でもあった。以下、彼の研究書[4]とロバート・L・ネルソンの論文[5]を参考に、この新聞について概説する。当時トレンチ・ジャーナルはイギリスとその自治領とで一〇〇種類以上が発行され、故郷を遠く離れて戦線に来ている、カナダ、オーストラリア、ニュージーランドがイギリス本国より多く発行していた。イギリスとその自治領よりもフランス、フランスよりもドイツが種類も発行部数も多く、国により特徴があることも研究されている。(6) トレンチ・ジャーナルは、中隊（company）、大隊（battalion）、時には旅団（brigade）単位で発行され、危険が多い歩兵（infantry）が発行する場合が最も多く、戦線別では、最も大勢が配属された激戦の地、西部戦線で多数発行された。「士気（morale）」を高めるためにトレンチ・ジャーナルを兵士自らが発行し読むことが有効であったと考えられる。発行者の死亡により、一号だけで廃刊になったり、休戦条約締結後、武装解除になるまで続いたりするものもあったが、五号くらいで終わるものが多く、新聞の大きさやページ数も異なり、印刷、手書き両方あった。発行部数は西部戦線で五〇〇〇部もいけば多い方であった。

トレンチ・ジャーナルの発行母体になったのは、「英国海外派遣軍」（B.E.F.：British Expeditionary Force）の中でも、「新陸軍」（New Army）または「キッチナーの軍隊」（Kitchener's Army）と呼ばれた、素人から成る軍隊であった。これは、戦争が長引くことを的確に予測していた陸軍大臣ホレス・キッチナーが市民に呼びかけて集めたものである。もともと海で守られたイギリスは、海外へ大規模な陸軍部隊を派遣することがあまりなく、「正規軍」（Regular Army または First Line）としては、一二三万人余りの常備軍と、現役を退いた予備役（Reserve）がいるだけであった。しかし彼らはモンスやイープルの激戦で一九一四年末までに半数以上が戦死してしまったため、徴兵制を布かない伝統のあるイギリスでは、これを補うべく新たに兵をつのる必要があった。そのため、もともと本土防衛にあたり、海外遠征はしない、非常勤の志願兵から成る「国防義勇軍」（Territorial Force：ボーア戦争後一九〇八年に陸軍大臣リチャード・ホールデインにより創設された）が海外へ派遣されることになる。これだけでは十分ではないと考えたキッチナーは一九一四年九月に志願兵を募集し、「新陸軍」を編成、軍事訓練をした後戦線に送り出したのである。彼らは、同郷の同じ職業をもつ人たちを単位として構成された、「友達部隊」であった。こういう軍隊が、フランスやドイツのプロの軍隊に伍して四年間戦い抜いたことは、驚異的であったと言わねばならない。J・G・フラーの著書は、彼らがなぜ持ちこたえられたのだろうか、という疑問で始まり、その答えとして「士気」を追究し、公的な文書ではなく、トレンチ・ジャーナルにその秘密を見出そうとしたものである。トレンチ・ジャーナルの担い手となったのはこの「新陸軍」であって、彼らが前線に派遣された一九一五年中頃には、この出版は始まっていた。

三　『ワイパーズ・タイムズ』とは?

発端から

中でも、ジョークやブラック・ユーモア、パロディ、風刺の効いた内容で一番有名で、現在もリプリントが出続けているのが、『ワイパーズ・タイムズ』である。リプリント版につけられたマルコム・ブラウンの序文（二〇〇六）(7)に基づき、以下この雑誌を紹介する。発行母体は、「シャーウッド森林労働者」として知られた、「北ミッドランズ、ノッティンガムシャーとダービシャー連隊の第一二大隊」(the 12th Battalion of the North Midlands Nottinghamshire and Derbyshire Regiment) である。この大隊は炭鉱夫が多く、本隊に先立って道路をつくったり、塹壕を掘ったりする工兵 (pioneer) の大隊で、軍隊内の序列としては低く見られていた。編集者は、戦前三〇才代前半に鉱山技師をしていたフレッド・ロバーツ大尉、副編集者はジャック・ピアソン中尉であった。トレンチ・ジャーナルの編集者はおおむね、中産階級出身の下位将校で、他の兵士よりも年長、教育と文学的素養があり、政治的には戦前の保守主義者であることが多いという[8]。記事は兵士全体から募り、編集者がそれに手を加える場合もあれば、編集者自身が別の名前を使って書く場合もあった。本章では、この雑誌の文学性に特に注目するが、まずもう少し、この雑誌の基本情報を紹介することにする。

『ワイパーズ・タイムズ』という名称は、当時のロンドンの新聞『タイムズ』紙を意識してつけられたもので、この新聞の連載をパロディにした連載も多い。「ワイパーズ」(Wipers) は、ベルギー西部の町イープル (Ieper フラマン語／Ypers 英語) を、フラマン語が読めないイギリス兵が英語風に読み替えたものである。イープルの東に拡がる「塹壕線突出部」(Salient) と呼ばれた戦場は、フランスに侵攻するドイツ軍とそれを迎え撃つ連合軍との間で毎年のように激戦が繰り広げられた所で、一九一五年にドイツ軍が初めて毒ガス攻撃をした場所でもある。イープルの瓦礫の中から、捨てられていた手動の印刷機を発見したことが、この新聞の出版につながった。編集・印刷が行われたのは、町の東にあるメニン・ゲイト (今でこそ立派な記念碑が建っているが、当時は何もなく、ただ戦場へ出て行く兵士の通り道にすぎなかった) の近くの、一八世紀につくられた塁壁 (rampart) の一部の地下室であった。外では砲弾が飛び交い、地下室ではネズミが群がる中での作業であった。時には、トレンチで校正作業をすることもあったという。死と背中合わせのトレンチとは言え、トレンチには交替で服務し、戦闘に参加することの方がまれであったから、日常的業務をすませれば、好きなことをする時間を兵士達は持っていたのである。スポーツをしたり、砲弾の残骸や敵のヘルメットを記念として持ち帰るために「土産物探し」をしたり、拾った薬莢や砲弾からトレンチ・アートをつくったりする者もいた（今作品はイープルの町の土産物屋でも売られている）。

『ワイパーズ・タイムズ』は、一九一六年二月一二日から一九一八年一二月一日まで、全部で二三号発行された。この部隊もいつもイープルに留まっていたわけではないので、『ワイパーズ・タイムズ』は移動するたびごとに名前を変えている。『「ニュー・チャーチ」タイムズ』、『ケメル・タイムズ』、『ソンム・タイムズ』、『B・E・F・（イギリス海外派遣軍）タイムズ』と変わり、休戦を迎えてから二号発行された『よりよき時代』（*The "Better Times"*）が最後である。しかしこれらをまとめて『ワイパーズ・タイムズ』と呼ばれる。大戦中の一九一八年初めに、最初の一五号を集めたリプリント版が出版されていることからも、この雑誌の評判がうかがえる。国内の図書館で唯一これを所蔵している東京大学総合図書館で閲覧したところ、「編集者」（おそらくフレッド・ロバーツ）により、出版に至るまでの経緯を軽妙な文体で書いた前書き（「事の成り行き」）がつけられていた。一九三〇年には二三号全部を集めた完全復刻版が出ている。これは京都大学経済学部図書館の上野文庫（元朝日新聞社社主、上野精一氏の寄贈による）に所蔵がある。タイトルの『ワイパーズ・タイムズ』の後には、「有名な戦時のトレンチ・マガジン完全版の複写を初めて含む」という副題が続く。この版には、現在のリプリント版には載っていない前書きがいろいろあるので、詳しくは、本紙の内容を紹介した後で、もう一度説明することにする。

各号は、一二頁の長さで、大きさはA五版。出版の間隔は、戦況によって異なり、月二回が最も頻回、月一回のこともあれば、三か月に一回、半年あくこともある。予約講読となっていて、値段は最初二〇フランでスタートするが、紙を節約する必要があり、一〇〇倍にはねあがったと思うと、五〇サンチームに下落、次いで五フラン、一〇フランになった後は、一フランで落ち着いている。政府のプロパガンダと間違われないためにも値段がつけられ、駅や売店で売られ、銃後へも送られていた。出版部数は一〇〇部から始まり、徐々に出版部数を伸ばしていったことが、論説からわかる。A五版の表紙の上半分が、アザミのモチーフが配されたタイトル頁になっていて、この体裁は、印刷機が変わってイラストが増えた最後の二号を除いて、変わらなかった。

記事の特徴

一九一六年三月二〇日発行の『ワイパーズ・タイムズ』を中心にして、記事の特徴を見ていこう（図版1）。まず、大きな活字でひときわ目立つのが、偽の誇大広告である。「息子さんが機械好きなら、『火炎放射器』（FLAMMENWERFER）を買ってあげなさい――ためになるし、面白い――無害保証付き――何千と売却ずみ」という広告を「陸軍・調査会社」（Messrs. ARMY, RESEARCH and CO.）が出しているが、Flammenwerferは、ドイツ軍の使った火炎放射器の名前である。また、その裏側には一頁ぶち抜きで、「ドイツ野郎会社」（Bosch and C）が織物会館（中世に織物産業で栄えたイープルの中心にあり、第一次世界大戦で完全に破壊されたが、戦後当時のままに再建された）で、その週催されるグロッセ・フリッツ（Grosse Fritz）によるワンマンショーの広告を出している。スコットランド兵ジョック・マッグリー（Jock McGree）が、「キルトはトレンチには向かないよ」という有名な歌を歌うとある（スコットランドの男性が身につけたスカート状のキルトは、もともと下着をつけないものであった）。これは、ミュージック・ホールの出し物をまねた偽広告である（図版2）。最後の見開き頁にも大きな活字で半頁もしくは一頁を使った広告があって、「塹壕線突出部の土地」(Salient Estate) 分譲の広告、「塁壁ホテル」(Hotel des Ramparts) で夏の休暇を過ごすよう誘う広告、「メニン・ゲイト・シネマ」で上映される映画の広告と、あるはずもないものが列挙されて、冗談が続いている。

論説では、予約講読の数が伸びたことが報告され、新聞の定期的寄稿者であるベラリー・ヘロック（Belary Helloc←Hilaire Bellocを滑稽に誤用したもの：ヒレア・ベロックはイギリスの作家・評論家）が集会で風邪をひいて、「塁壁ホテル」の豪華スイート・ルームで臥せっていることが告げられる。「我々が脱帽する人達」(“People We Take Our Hats Off To”）という連載コラムでは、ただ「フランス人」とだけ書かれ、ヴェルダンの戦いで奮闘しているフランス人に敬意が表されている。注意すべきは、戦況を描いたり、戦意高揚を掲げたり、あるいは戦争の残酷さを嘆いたりする記事がないことである。「ボッシュ」(Bosch：Bocheが普通）や「フリッツ」(Fritz) という軽蔑的にドイツ兵を指す単語を使っていても、誹謗する目的はなく、笑いとユーモアにつつまれている。それればかりか、まるで平時のようにこともなげに、「交換希望――良い状態の塹壕線突出部を、つがいのハトか、一羽のカナリアと。問い合わせは、ホーゲの孤独な兵士に」と、物々交換を求めるほほえましい記事もある。ホーゲは、イープルの東にある村で塹壕線突出部の東端に位置し、連合

THE

WIPERS TIMES.

OR

SALIENT NEWS.

No 4. Vol 2. Monday. 20th March, 1916. Price 50 Centimes.

HAS YOUR BOY A MECHANICAL TURN OF MIND? YES!

—o—o—o—o—

THEN BUY HIM A

FLAMMENWERFER

INSTRUCTIVE—AMUSING.

—o—o—o—o—

Both young and old enjoy,
This natty little toy.

—o—o—o—o—

GUARANTEED ABSOLUTELY HARMLESS

—o—o—o—o—

Thousands Have Been Sold.

—o—o—o—o—

Drop a postcard to Messrs. ARMY, RESEARCH and CO., when a handsome illustrated

37

図版1 『ワイパー・タイムズ』1916年3月20日

CLOTH HALL, YPRES.

THIS WEEK

GROSSE FRITZ

The World's Greatest Mimic and Impersonator
In His World Famed One Man Show.

INTRODUCING THE FOLLOWING CHARACTERS:

WILHELM — — — — — — THE BOCHE
FERDY — — — — — — THE VULGAR
SULTANA — — — — — THE MORMON
FRITZ — — — — — — THE ANTIQUE

A REALLY REMARKABLE SHOW—VIDE PRESS.

ENGAGED AT ENORMOUS COST.

—0—0—0—0—

SAPPER AND PARTY.

IN THEIR SCREAMING FARCE, ENTITLED:

"STUCK IN A GUM-BOOT."

—0—0—0—0—

JOCK McGREE

IN HIS FAMOUS SONG

"Trenches Ain't the Proper Place for Kilts."

—0—0—0—0—

POPULAR PRICES.

—0—0—0—0—

Ventilated throughout by Bosch and Co.

38

図版2　ミュージック・ホールまがいの広告

軍とドイツ軍の激しい戦闘が繰り返された所である。

『ロンドン・タイムズ』の連載記事をまねた記事としては、「投書欄」“Correspondence”、「投書者への返信」“Answers to Correspondents”、「最新重大ニュース」“Stop Press News”、「私事広告欄」“Agony Column”、「我々が知りたいこと」“Things We Want to Know”がある。「投書欄」では、昨夜メニン・ゲイトを散歩中に今シーズン初めてカッコウの鳴き声を聞いたという「自然を愛する人」が寄せた、ほのぼのとした投書（一九一六年二月一二日）を皮切りに、論争が延々と続いていくのが面白い。この号では、それは、カッコウではなくナイチンゲールだという「夜毎の徘徊者」からの投書、くだらない議論に貴重なスペースを割くなという「もううんざりだ」からの投書の二つが掲載されている。これらは実際に読者が投書したものではなく、編集者のフレッド・ロバーツの創作で[9]、実際の『タイムズ』で取り上げられるような、初鳴きを聞いたという投書をまねたものである。戦場にいてもイギリスらしい生活を思い出させ、だからこそ、この生活を取り戻すために戦いに勝たねばならないという意図が読みとれるのではないだろうか。ほとんど毎号のように載るミュージック・ホールの出し物のまがい広告も、イギリス兵にとっては故郷をしのばせるものであった。

新聞全体にみなぎっているのは、冗談、皮肉、ウィット、パロディ、ブラック・ユーモアである。中には、性的な暗示を含んだものもある。この号の「我々が知りたいこと」には、「ベルギーで一番ポピュラー（ポプラ）な木」“The most pop'lar tree in Belgium”というのが挙がっていて、「，」が単語の途中に突然入っている。「u」の活字が足りないために、代わりに「，」を使っているが、実はイープルにあった売春宿の名前「ポプラの木」"poplar tree"とかけているらしい。男性だけの共同体で予想されるような猥談の類は皆無で、せいぜいこの程度の暗示にすぎない。

文学作品のパロディとしては、最初の号から掲載されている「ハーロック・ショームズまた頑張る」"Herlock Shomes at it Again."というシリーズがある。「ハーロック・ショームズ」は、もちろん「シャーロック・ホームズ」のマラプロピズム（滑稽な誤用）で、この種の文字遊びが大変多い。また、マザー・グースのパロディ、「ヘルファイアー・コーナーのリトル・ジャック・ホーナー……」"Little Jack Horner at Hell Fire Corner……"もある。「リトル・ジャック・ホーナー」はマザー・グースの登場人物だが、「ヘルファイアー・コーナー」は、イープルの塹壕線突出部にあった十字路の名前である。このパロディは日本語にすると次のようになる。

ヘルファイアー・コーナーのリトル・ジャック・ホーナー、
　ビスケットをかんで食べようと腰をおろした。
あたりを飛び回る砲弾は気にしなかった。
　ビスケットの威力を知っていたから。
一二インチ砲が飛んできたが、ジャックは少しもひるまなかった。
　ビスケットにつかみかかって、待った。
すると何とまあ、ビスケットで砲弾に立ち向かい、
　ポリポリ、バリバリ、ため息と一緒に爆発した。

以下、この号ではなく、他の号からパロディの例をあげておく。一一世紀にペルシャ語で書かれた詩集『ウマル・ハイヤームのルバイヤート』*Rubáiyát of Omar Khayyam* のパロディもよく掲載されている。この本は、一八五九年エドワード・フィッツジェラルドによって英訳され、イギリスで人気があったもので、特に、人生を楽しめ、というアドヴァイスが兵士に受けて、戦場へこの小型本を持って行く者が多かったという。(10) 他には、一九一七年九月八日から連載され始めた、サミュエル・ピープス「中尉」による「われわれの日記」がある。ピープスは一七世紀のイギリスの官僚で、海軍の統括指揮にあたった最初の書記官であり、歴史的価値のある詳細な日記を残している。日記には日々の心配事や妻や妻以外の女性との関係がつづられ、都合の悪い箇所は暗号化していることでも知られている。「われわれの日記」は、ピープスの原著を読みこなした者にしか書けないであろう、いかにもピープスが書きそうな、抱腹絶倒のパロディになっている。一九一七年一一月一日の号から書き出し部分を少し引用する。

先週木曜日に、トレンチの新しい場所に住居を定めた。騒々しい場所でこれにはうんざりしている。泥がひどくねばねばするので、チープサイド［ロンドンのショッピングの中心地だった通り］のホープ・ブラザーズの店で一ギニーも出して買った半ズボンが心配だ。それに、鉄条網に新しい上着をひっかけてしまって悔しい。とても恰好よくてぴったりだったのに。……

金銭にこまかく、何でも記録するピープスがいかにも書きそうな日記になっている。これを読む者がたとえピープスを知らなかったとしても、トレンチとロンドンがひとつながりになったあり得ない設定が笑いを誘うであろう。

一九一六年三月二〇日発行の『ワイパーズ・タイムズ』の文学的記事に戻って、一人だけ実名で寄稿しているのが、ギルバート・フランコーという、ロバーツの友人で、イースト・サリー連隊の砲兵隊将校の詩人・小説家である。この号には、「ある夢」という詩が掲載されていて、ルースの激戦の後シェル・ショックに陥って混乱した彼の精神状態が描かれている。[11]

実戦のかたわら兵士が詩を書くことが多かったことは、この号の最後の記事「通告」にうかがえる。

残念ながら、潜行性の病気が師団に蔓延していて、その結果詩のハリケーンが起こっていることを通告する。下級士官達は、ノートを片手に、爆弾をもう片方の手に持って、詩の女神と深い交流をしながら、ぼんやりと鉄条網の近くを歩いているのである。……　編集者としては、これらの詩人達が少しでも散文に切り替えてくれたらありがたい。新聞は「詩」だけでは成り立たないのだ。

『ワイパーズ・タイムズ』に掲載された詩が、他の記事に比べてそう多くはないのは、こうした編集者の努力のあらわれなのだろうか？　この号には、「友へ」という題の感傷的な詩が載っている。

もはや同じ小屋、
もはや同じ退避壕、同じ話を共有することもない。
もはや同じコーンビーフを分かち合うことも、
照明弾の光でラム酒を分かち合うこともない。
　　　　さらば、わが友。

良い時も悪い時も僕らは一緒だったね。
避難できる場所はどこでも一緒だった。
ヒューズドンが飛んで来ると、同じ弾孔に入り、
いつでも雨漏りがする宿営で一緒だったね。
　　　　それが今は―君は逝っちまった。
　　　　……

さあ、友よ、静かに眠りたまえ。
僕にはするべき仕事があるのだ。
眠っている君と他の仲間達のために、
安心したまえ、最善を尽くすよ。
　　　　復讐に。
　　　　……

弾丸にあたって死んだ戦友に寄せる友情が吐露され、戦場に眠る彼らのために戦いぬく決意が静かに語られている。敵や戦争への憎悪は表現されず、戦い続けるのは、闘争心からではなく、男同士の友情からであることが表明されている。大戦を最後まで戦いぬく原動力になったのは、こういう友愛精神と、先に挙げたイギリス的生活を守ろうとする気構えであっただろう。

この詩は、兵士が投稿したものと思われるが、名前は載っていない。他の号の詩についても、作者名はアルファベットか、匿名である。一つ手がかりを与えてくれるのは、『ワイパーズ・タイムズ』の最初の号に載った「ヨタカ」という題の四行連句の詩で、作者は「ある工兵」とだけ記されている。

リージェント・ストリートやピカデリーの
空しい喜びのことを話さないでほしい。
僕はもっと新しいロンドン、もっと珍しい光景を
夜毎否応なしに訪れているのだ。

昼の光が傾き、たそがれが落ちてくると、
僕らはひざまで届くゴム長をはいて出発するのだ。
恐ろしい暗闇を通り、
砲弾でできた穴を、ひざまで泥につかり、

……

ここで森林労働者達は、夜毎の芝居をするのだ、
そして、泥の中で陽気などんちゃん騒ぎ、
ショアハムやブレチングリーで
見事な離れ業が上演されるのを思い出して。

これらのイギリスの地名は、塹壕内の種々の壕につけられた名前で、夜に塹壕を掘る工兵が、ロンドンの通りを懐かしんでいる様子がうかがえる。軍隊内でも低く見られた肉体労働をする工兵が、このような荘重な詩を書くこともできたことは、大戦前からの文学的素養の浸透を示すものであろう。

他には、トマス・グレイのエレジーをパロディにした詩もあれば（一九一六年三月六日）、大戦中のフランスならではのエピソードを書いた、「R.M.O.」による女性にまつわる滑稽な詩もある（一九一七年四月一二日、一一月一日）。こうしていくつか『ワイパーズ・タイムズ』に投稿された詩を見ても、英雄的戦争詩の伝統とも、好戦的・愛国的戦争詩とも、反戦・厭戦の大戦詩とも全く異なることがわかる。むしろ、戦前に主張された、工業的・物質的イギリスに代わる「小さな英国」、田園主義、愛国主義を引き継いでいて、その理想を守るために、イギリス的なユーモアで、未曾有の工業化された戦争を何とか切り抜けていこうとしたと言える。

四　似たり寄ったりのトレンチ・ジャーナル

これは『ワイパーズ・タイムズ』だけの特徴なのかを調べるために、他の英国派遣軍のトレンチ・ジャーナルにあたってみた。大英図書館には、各ジャーナルが戦争中に寄贈されていたので、厖大なコレクションが所蔵されている。寄贈した日付の入ったスタンプが各冊子に押されており、『バラーク』[12]という新聞の論説には、配布先として、「陸軍省」、「大英博物館」、「GHQ」、「検閲官の個人的コレクション」に各一冊と記されていた。閲覧したのは、「ヨーロッパ戦争雑誌（雑）」という表題の合本三冊にまとめられた、「英国及び自治領軍」の新聞計二四種類である。新聞の大きさも頁数もまちまちで、謄写版で刷ったような手書きのものもあった。閲覧した結果言えることは、まず『ワイパーズ・タイムズ』とよく似た記事が多いことである。そして、新聞の題名も印象に残る面白いものが多い。この類似は、新聞が他の隊にも流通していたことを示すものであろう。

たとえば、カナダの歩兵連隊が発行していた『フォーティ・ナイナー』の「われわれが知りたいこと」というコラムには、「次に賜暇をとれるのは誰か？」とか、「二人の若い女性への手紙が行き違いになり、恋がどう結末を迎えたか？」（第一巻第四号、一九一五年一月四日）とかいうのがある。他の新聞にも同様のコラムが連載されている。

ジョーク、ユーモアを求めるのも共通している。オーストラリア歩兵連隊発行の新聞『オージー（オーストラリア兵）』最初の号の論説には、……オーストラリア兵にとっては、「オージー」という名前は、素晴らしい国、海に囲まれ、太陽のキスを受けた故国を表わしている。そのコレクターはいつでもオージーなのだ。

「オージー」は君たち、若者のもの。そして、「オージー」を快活で、魅力的で、知りたいと思わせるものにするのは、君たち、君たち次第。良い話、気の利いたジョーク、明るいユーモアでいっぱいにしよう……

君が知っている塹壕でのあの愉快な出来事、あの面白い話、あの気の利いたギャグ、あの明るい警句——そういうのを送ってほしい。（一九一八年一月一八日）

と、みんなで笑いを共有するために、投稿を呼びかけている。

文学的な記事に関しては、ビレア・ヘロック（『ワイパーズ・タイムズ』のマラプロピズムでは、「ベラリー・ヘロック」だった）による記事（*The B.R.O.*）や『ルバイヤート』のパロディ（『ヒューズドン』『バラーク』）があり、トマス・ハーディの詩「行進して出てゆく男達」（『オール・アバウト・イット』）や、コナン・ドイルの詩「ヘイグ行動開始」（*The C.R.O. Bulletin*）が引用されていた。恋人といる夢を見たという詩（『スリング』）や、ブローニュで働いているイギリスの篤志看護師をお茶に誘ったが、看護師長と一緒にならいいと言われた、という五行擬詩リメリック（『朝日』）や、またこんな詩もあった。野戦病院部隊が発行していた『オール・アバウト・イット』に掲載されている、「救急車」という詩では、砲声が一晩中轟いているなか、負傷兵を担架兵が次々と運び入れ、医者が懸命に手当をする様子を描いた後、最後の二節は次のように結ばれる。

我々を頑張らせるのは、こういうことなのだ。
　我々の仕事が無駄ではないこと。
運び込まれた男達はみな
　ここで痛みを和らげられるということを知っている。

そして戦争が終わったら
　その時世間の人たちは知るだろう、
どこで戦闘があろうと、
　われわれ救急隊がいたということを。

（一九一六年一一月）

救急車部隊で働く者たちの矜持が感じられる。このような職務への誇り、帝国に貢献しているという意識が彼らをつき動かし、持ちこたえさせたのであろう。

閲覧した中には、オーストラリアの病院船「カルーラ」が出していた『カルーリアン』というのもあった。野戦病院部隊や病院船が発行していた新聞は、トレンチ・ジャーナルというよりは、大英図書館が分類しているように、戦争雑誌《ウォー・マガジン》と呼んだ方がふさわしいだろう。これらは、大戦当時陸軍総合病院が発行していた病院報《ホスピタル・ガゼット》につながっていくものである。病院報《ホスピタル・ガゼット》については、以前詳しく分析したことがあるが、[13]『タイムズ』をモデルにした連載記事から、文学作品のパロディ、諧謔的な詩、ブラック・ユーモアに至るまで、トレンチ・ジャーナルとの共通点が多い。記事は看護師と入院患者の両方から募り、傷病兵を慰め、病院関係者の団結心を強めるために戦争中ほとんどの陸軍病院で発行されていた。戦場でも病院でも、戦争という危機を乗り越えるために、不平・不満のはけ口を与え、仲間意識を強め、士気を高める手段になっていたと言える。検閲は、あったとしても、きわめてゆるやかなものであったと思われる。素人の軍隊が持ちこたえた背景には、トレンチ・ジャーナルを共有することにより、イギリス的なブラック・ユーモアで危機を乗り越え、かつイギリス的な生活を懐かしむようにさせたことが一因としてあるだろう。

五　消された大戦文学

トレンチ・ジャーナルに文学性が豊かなことは、編集に携わった下級将校だけでなく、兵士一般の文学的素養が高かったことを示している。掲載されていた詩の中で、今も大戦詩のアンソロジーに入っているものは果たしてあるのだろうか？　ドミニク・ヒバード とジョン・オニオンズによる大戦詩選集の序文は、戦争詩のハリケーンを告げる『ワイパーズ・タイムズ』の記事（本書一一六頁参照）を引用した後、ある特定の詩人（サスーン、オーウェン）だけが戦争の証人として認められ、その他大勢の詩人が読まれなくなってしまったのは、アンソロジーによる取捨選択の結果であると指摘している。最上の大戦詩が必ずしも歴史上典型的とは言えないのに、少数者のために語った「戦争詩人」が大戦の見方を決めてしまい、かくて戦争の見方は無知からプロテストへと向かっていった、と主張している。(14)　つまり、『ワイパーズ・タイムズ』の戦争詩は、当時の多数派の心情を表すものであったにもかかわらず、その後の反戦文学ブームによって消されてしまった文学であると言える。

そのことを、編集者のロバーツ自身が痛感していたことを示すのが、前に述べた一九三〇年出版の全号復刻版である。中扉には「塹壕線突出部の兵士達と戦争の真実のために」と記されている。次いで陸軍元帥ハーバート・プルーマーによる緒言が添えられていて、この本は「出来事についての記述」ではないが、幾多の犠牲や苦難にもかかわらず、軍隊に広まっていた「驚くほど陽気な精神」を生き生きと垣間見させてくれるものだ、と賞賛している。そして、ロバーツによる「一二年後」という緒言では、戦後一二年間大勢の人たちから『ワイパーズ・タイムズ』の再版を望む声が寄せられ、この度全号をまとめて出版することになったことの経緯が語られる。ついに自分達の「編集の聖域」が敵の襲撃を受けたことを回想して、次のように書いている。

……大急ぎで、アスピリン二錠を飲み、ヘルメットと毒ガスをしかるべき位置に置き、窓の外を見たが、美しい三月の朝が、ロンドンの一一月の霧——ひどく時代遅れの——で曇っているのを見ただけだった。当番兵、副隊長、特務曹長、食堂給仕人を大声で呼びつけながら、冷え冷えとした大気の中に出て行くと、大気はずたずたに切り裂かれて危険きわまりなかった。西部戦線では、すべてが静かというわけではなかった。副編集長と私はウィスキーを一ケース飲み、従軍牧師を臆病ゆえに射殺し、「古きものよさらば」と言ったのである。(あの現代的な戦争本の影響は油断がならない。)

ここでロバーツが憎々しげに言及している、モダンな戦争本とは、エーリッヒ・マリア・レマルクの『西部戦線異状なし（西部戦線ではすべてが静か）』（一九二九）と、ロバート・グレイヴズの『古きものよさらば』（一九二九）である。戦後十年の沈黙を経て、一九二〇年代末から兵士作家による従軍記、エッセイ、自伝的小説、劇が続々と出版されるようになり、戦争本ブームが起こる（戦争詩と違って、小説やエッセイが書かれるには時間がかかった）。こうして古代ギリシャに遡る戦争文学の系譜は、大戦後はっきりと反戦文学になったのである。この風潮の中にあって、『ワイパーズ・タイムズ』にみなぎる、戦争をやりぬくための「陽気な精神」も、ユーモアもパロディもウィットも、「文学性」も葬り去られてしまったのだ。一九三〇年に『ワイパーズ・タイムズ』の復刻版が出版されたことは、この風潮への抵抗の意味を読み取ることができる。ロバーツ自身は、戦後文筆で身を立てることなく、炭坑技師として比較的無名のまま一九六九年世を去った。

しかし、この諧謔精神は、一九六三年のシアター・ワークショップによるミュージカル『素晴らしき戦争』や、BBCでドラマ化されたローワン・アトキンソン主演の『ブラックアダー』シリーズ（一九八三―八九）の大戦の描き方に引き継がれている。この章の表題「血と音と数限りない詩」は、シリーズ四作目の『ブラックアダー出発』で、フラッシュハート少佐が大戦を評した言葉である。[15] いかにもイギリスらしい（日本では考えられない）戦争の戯画化が行われ、風刺雑誌『パンチ』や『プライヴェート・アイ』の系譜に連なるものであろう。『ワイパーズ・タイムズ』が今も読み続けられているのは、もう一つの大戦文学として人の心をとらえ、笑わせながら、もう一つの「戦争の真実」を垣間見させてくれるからである。戦争中トレンチでも病院でも文学的雑誌が編集され、文学的訓練を受けたわけでもない普通の兵士たちが言語の使用にこだわり、文学的な作品を残したということは、戦前からの文学教育の浸透を物語るものであろう。それらは、厭戦・反戦の大戦詩とも、愛国的もしくは好戦的な詩の伝統とも一線を画すものである。

注

（1） Paul Fussell, *The Great War and Modern Memory* (Oxford : Oxford UP, 1975), V. "Oh What a Literary War", pp. 155–90.

（2） ロバート・スネイプによれば、後者のユニオンで読む本は、ディケンズの『二都物語』のような小説、シェイクスピアの戯曲、カーライルのエッセイ「過去と現在」、『イーリアス』、その他科学、歴史、社会科学、旅行記も含まれていたという。Robert Snape, "The National Home Reading Union 1889–1930", *Social Sciences* (2002), p. 6. http://ubir.bolton.ac.uk/403/1/socsci_journalspr-3.pdf

（3） たとえば Jay Winter, *Sites of Memory, Sites of Mourning : The Great War in European Cultural History* (Cambridge UP, 1995), p. 5. Dan Todman, *The Great War : Myth and Memory* (London : Hambledon Continuum, 2005), pp. 158–60.

（4） J. E. Fuller, *Troop Morale and Popular Culture in the British and Dominion Armies 1914–1918* (Oxford : Clarendon, 2006)

（5） Robert L. Nelson, "Soldier Newspapers : A Useful Source in the Social and Cultural History of the First World War and Beyond", *War in History* 17(2), pp. 167–91, 2010. トレンチ・ジャーナルはアメリカ独立戦争やナポレオン戦争にさかのぼり、二五〇年以上の歴史をもつという。http://web.viu.ca/davies/

H482.WWI/SoldiersNewspapers.pdf

（6）フランス、ドイツのトレンチ・ジャーナルについては、次の研究書がある。Stéphane Audoin-Rouzeau, *Men at War 1914–1918 : National Sentiment and Trench Journalism in France during the First World War*, trans. Helen McPhail. (Oxford : Berg, 1992) ; Robert L. Nelson, *German Soldier Newspapers of the First World War* (Cambridge : Cambridge UP, 2011)

（7）*The Wipers Times : The Complete Series of the Famous Wartime Trench Newspaper*, Foreword by Ian Hislop, Introduction by Malcolm Brown, Notes by Patrick Beaver (London : Little Books, 2009)

（8）Nelson (2010), pp. 170–71.

（9）John Ivelaw-Chapman, *The Riddles of Wipers : An Appreciation of the Trench Journal "The Wipers Times"* (London : Leo Cooper, 1997), p. 10. この在野の研究者は、まるで「平和なイングランドの奥深くで新聞が書かれたように思わせる」Roberts の才能と皮肉たっぷりの機知を、Fuller よりも早く認めている。

（10）Ivelaw-Chapman, p. 11.

（11）Ivelaw-Chapman, pp. 33–36.

（12）中東に派遣されていた Imperial Camel Corps が発行していた新聞名。題名は、ラクダをひざまずかせる時に出す 'BRRRK' という声。この新聞は熱心な生存者によって実に一九八九年まで続いた。*The Wipers Times*, "Introduction" by Malcolm Brown, p. x.

（13）拙著『ナイチンゲールの末裔たち――〈看護〉から読みなおす第一次世界大戦』（岩波書店、二〇一四年）、第3章第二節「訓練看護師《トレインド・ナース》と患者から見たＶＡＤ――ホスピタル・ガゼット」参照。

（14）Dominic Hibberd & John Onions (ed.), *Poetry of the Great War : An Anthology* (Macmillan, 1986), pp. 2–3.

(15)　Richard Curtis et.al, *Blackadder : The Whole Damn Dynasty 1485–1917* (1998 : Penguin Books, 1999), p. 416.

第二部
アイルランドと「祖国」

第1章　一九一六年
——復活祭蜂起とソンムの戦い

一　第一次世界大戦が起こった時

北と南

「英連邦《コモンウェルス》戦争墓地委員会」が出している年次報告（二〇〇九年―二〇一〇年）によると、連合王国《ユーナイテッド・キングダム》とその植民地・自治領を合わせた第一次世界大戦の戦死者数は、身元が判明して墓に埋葬されている者がほぼ五九万人、記念碑に名前が刻まれただけで墓のない行方不明者はほぼ五三万人にのぼる。第二次世界大戦では、イギリスの戦死者の合計は約三五万人、行方不明者は二三万人であるから、いかに第一次世界大戦でイギリスが払った犠牲が大きいかがわかるだろう。

二〇世紀初めの大英帝国は、五〇の植民地と一〇以上の自治領を持ち、地球上の陸地の四分の一を版図に収めていた。この時の「連合王国」の中には、ダブリンを首都とする現在のアイルランド共和国と、今もイギリスに留まっている北アイルランド（アルスター地方の六州）の両方が含まれている。アイルランドにおける第一次世界大戦とその文学を考える上で、この二つの複雑な関係を把握しておく必要があるので、アイルランド島の歴史を振り返り、大戦前後の宗教的・社会的・政治的諸問題を検討することから始める（図版1）。

　ブリテン島の西に位置し、北海道くらいの面積を占めるアイルランド島は、一二世紀のノルマン人の侵攻以来、チューダー王朝、オリヴァー・クロムウェル、ウィリアム三世（オレンジ公）と、八〇〇年にわたってイギリスの支配を受け、それに対する抵抗を繰り返した歴史を持つ。チューダー王朝のヘンリー八世は、自分の離婚を可能にするためにローマン・カトリック教会から英国国《アングリカン》教会《チャーチ》を分離し（一五三四年）、アイルランドにはアイルランド国教会を樹立して（一五三六年）、みずからアイルランド王となった（一五四一年）。プロテスタント化は、イングランド、スコットランド、ウェールズでは進んだが、アイルランドはカトリックが多数を占めたままで、大陸のカトリック国と一緒になってブリテン島を侵攻するかもしれないという脅威を与えていた。一七世紀になると、ジェイムズ一世はアイルランド島東北部のアルスター地方に大規模な植民地化政策を行い、スコットランドや北イングランドからプロテスタントたちがやって来て住みつくようになる。スコットランドから来た人たちは長老派教会に属し、北イングランドからの人たちは英国国教会の信者であった。この移民が、アルスターだけでなく、アイルランド島全体において、プロテスタントとカトリックとの対立を生む原因となったのである[1]。

　イギリス（「グレイト・ブリテン」を指すが、便宜上「イギリス」と以下呼んでおく）は、カトリックと英国国教会以外のプロテスタント（長老派、メソディスト派）の権利を剥奪して、プロテスタント優位体制を確立しようとした。これに対して、フランス革命の影響を受けて民主主義の気運が高まっていた一七九八年、カトリックと一部プロテスタントとが手を組んで、イギリスの支配からの

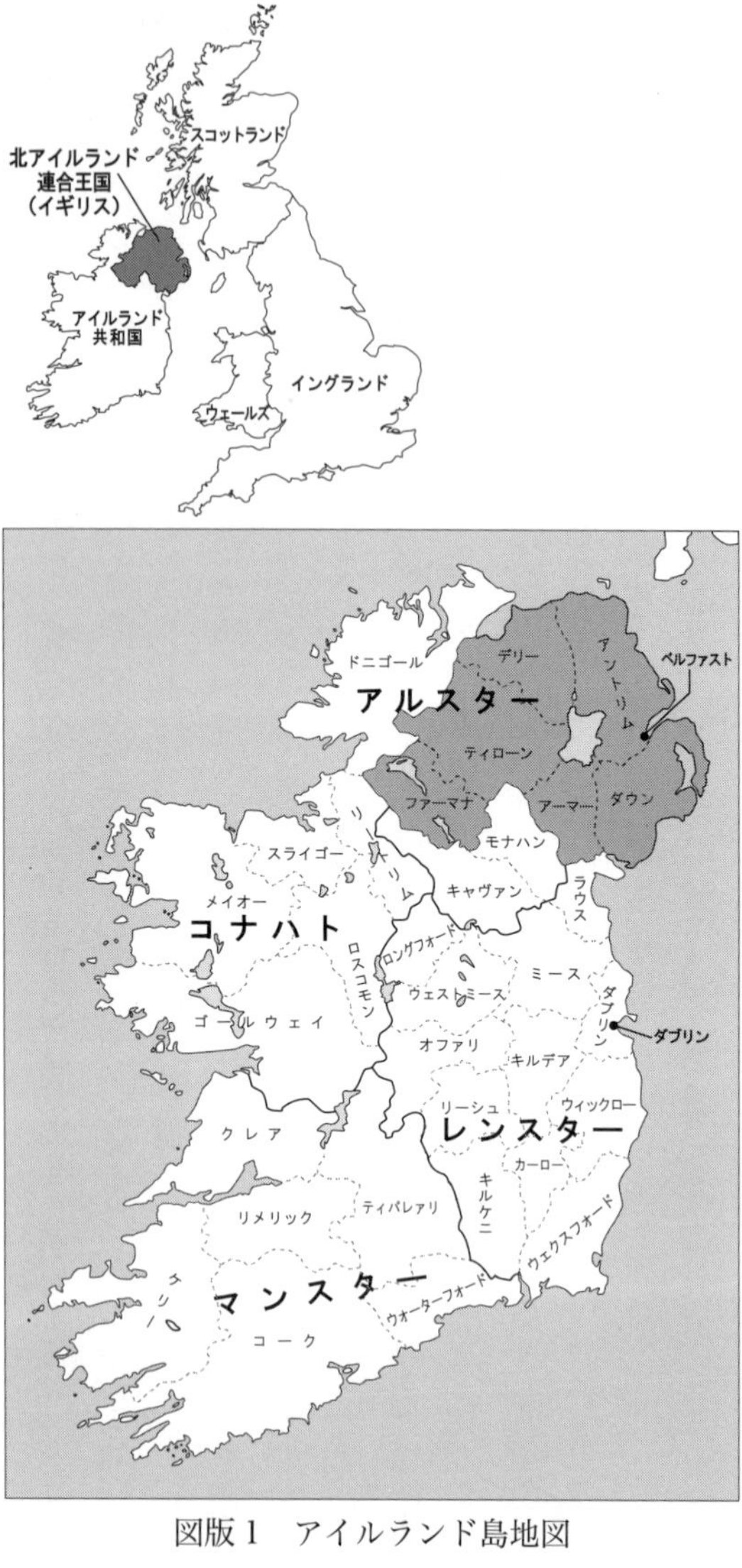

図版１　アイルランド島地図

完全脱却と宗派の融和を目指して武装蜂起（「ユナイティッド・アイリッシュメンの蜂起」）を企てたが、鎮圧される。しかし、イギリスは、反乱とフランスの侵攻が続くことを恐れて、プロテスタントと同じ権利をカトリックに与えることを約束、一八〇一年に「イギリス・アイルランド合同法《アクト・オブ・ユニオン》」（'United Kingdom of Great Britain and Ireland' という名称は一九二七年まで続き、現在は '……and Northern Ireland'）を実施する。この結果、アイルランド議会は廃止され、ウェストミンスターの連合王国議会に統一された。イギリスと対等の地位を持っているかに思える名称だが、その後も、イギリスの不在地主による小作人からの搾取や、カトリックへの差別が続く。カトリックの公職就任や私有財産所有の制限を撤廃する「カトリック解放令」がようやく出たのは一八二九年である。これを達成したダニエル・オコンネルは、今度は合同法の撤回に心血を注ぐが、道半ばにして倒れ、撤回とアイルランド自治の問題は第一次世界大戦まで尾を引くことになった。

「北」の出身で後アイルランド共和国に移住したノーベル賞詩人、シェイマス・ヒーニー（一九三九―二〇一三）は、「合同法」（詩集『北』（一九七五）から）という詩で、男性のイギリスにレイプされる女性としてアイルランドを描いている。

……おれはおれ達の過去が育った盛り上がった場所を
愛撫する。おれはおまえの肩越しにすくっと立ち上がる背の高い王国で
おまえは甘い言葉で誘うことも無視することもできないのだ。
征服とは嘘っぱち。おまえの半分独立した陸地をいやいや認めながら

おれは年をとるのだ。その境界線の中で今おれは遺産を
容赦なく増やしている。……

「戦争に行ってはいつでも負けた」と言われたアイルランド人は、イギリスとの関係においても、二〇世紀まではまさに百戦百敗であった。

一九世紀半ばにアイルランドで起きたじゃがいもの大飢饉の時、イギリスはアイルランドから食糧を輸出させ続け、餓死者が出ていても食糧を供給しようとはしなかった。そのため、一八四六年に八五〇万人であったアイルランドの人口は、死亡や移民により五年後には六五〇万人に減少したという。[2] イギリスによる植民地化政策の結果すでに衰退していたアイルランド語は、この大飢饉のためさらに話者が激減し、一八五一年にはアイルランド語を話せる者は人口の二八パーセントになってしまった。[3] 合同法の撤廃を求めて、一九世紀には三度の武装蜂起があったがいずれも失敗。一九世紀後半には、古代アイルランド（ケルト）の精神に根ざしたアイルランド独自の文化や文学を復興させようとする国民運動が高まり、アイルランドの自治を望む声はますます強まっていく。第一次世界大戦が起きた時には、二回の廃案の末ようやく議会を通過した「第三次自治法案」が実施を待つばかりになっていた。しかし、プロテスタントの勢力が強く、イギリスとのユニオンの継続を望む北部のアルスター地方では、自治法案に強硬に反対し、一九一二年九月には五〇万人の反対者の署名を集めた「アルスター誓約」を出す。この中心になったダブリン出身のエドワード・カーソンは、ユニオニズムに将来を見出し、自治には徹底抗戦する姿勢を貫いた政治家で、現在の

北アイルランドを築いた人物である。こういう状況で自治法が実施されれば、カトリックが三分の二以上を占める南部三地方（レンスター、マンスター、コナハト）との間で新たな火種を生むことが予測された。事実、自治を望まない北部では「アルスター義勇軍」を、自治の実現を望む南部では、これに対抗して、「アイルランド義勇軍」という自衛組織を一九一三年にそれぞれ結成して緊張が高まっていく。特にプロテスタントと貧しいカトリック（当時カトリックの人口は、二四パーセントだったが、現在は半分近くを占める）とが共存する西部ベルファストでは、両者が一触即発の状態にあった。その矢先に起きたのが第一次世界大戦であった。

　大戦勃発は、自治法案の裁可と実施を棚上げにし、とりあえず北と南のアイルランドとの抗争を先送りにする。ユニオニストが多数を占める北では、自治法をアルスターからは除外するのと引き換えに、大戦に義勇軍を派遣することを直ちにイギリス政府に約束した。南では、イギリスに戦争協力して義勇兵を出すかどうかで意見が分かれた。穏健なアイルランド議会党のジョン・レドモンドは、戦後自治法案の実施を確実にし、アルスターを自治から除外することなく、南北が和解して一つのアイルランドが実現することを期待して人々に志願を要請した。彼は、ベルファストでは、決めかねているカトリック達に、危険なことをせずに安全に国内にとどまっていて、戦争が終わってから他人が犠牲を払って得た権利や自由を享受するのは屈辱的ではないか、と語った。その結果志願した北のカトリックは南のアイルランド師団の一つに組み込まれる。[4] イギリスに戦争協力するというのは前例を見ないことではあったが、レドモンドの弟で下院議員のウィリー・レドモンドや、経済学者でジャーナリストのトマス・ケトルは、レドモンドの要請に応じて志願出征し、共に西部戦線の激戦地で戦死している。中立国ベルギー（カトリックが多い小国という点でもアイルランドの同情をひいた）をドイツの侵略から守るというイギリスの大義名分に呼応して、戦場に兵士を送り出すことは道義的な義務であると考えられ、それまでのアイルランドの歴史にないほど多数の人々が、背景、宗派を問わず戦争に協力したという。一方、「イギリスの苦境がアイルランドの好機となる」という昔からの合言葉を守ったパトリック・ピアスやジェイムズ・コノリー等ナショナリストの強硬派は、後に武装蜂起を起こす。

こうして北と南とは正反対の思惑を持って、帝国のために派兵したのであった。北の場合は、イギリスという祖国への忠誠を表わすだけでなく、南のナショナリズムから北を解放する行為でもあったが、アイルランドの独立を望む南のカトリックにとっては、「祖国のために死ぬこと」の「祖国」はまだ実現されていないアイルランドという共和国《リパブリック》を意味していた。(5) このように、アイルランドにおいては初めから、大戦はユニオニズムとリパブリカニズム／ナショナリズムの戦いという政治的意味合いを帯びた戦争だったと言える。さらに言えば、その戦いは大戦によって中断されただけであって、対英独立戦争、内乱へと継続していった。見方を変えれば、大戦が起こったおかげで、一触即発であった自治を巡る対立が中断したのにすぎないのである。

「オレンジ」と「緑」のイギリス兵

一体何人の兵士がアイルランド全土からイギリス軍に加わったのか、正確にはわからない。成人男性の四〇パーセントにあたる二七万人が出征したと記述しているものもあるが、最近では二一万人くらいと見積もられているようだ。[6] そのうちすでにイギリス陸軍に所属していたアイルランドの正規兵と予備兵はあわせて五万八〇〇〇人いるから、それを差し引いても一五万人くらいが志願したことになる。彼らは、大戦が長引くことを見通して、イギリス陸軍元帥ホレス・キッチナーが呼びかけてつくった、素人の志願兵から成る「新陸軍」に所属した（イギリスで徴兵制が施行されるのは一九一六年一月からだが、アイルランドには適用されなかった）。

アイルランドは全体で、第一〇アイルランド師団（南部ナショナリストと南部プロテスタント）、第一六アイルランド師団（南部ナショナリストと北部カトリック）、第三六アルスター師団（北部ユニオニストに若干の北部カトリックが混じる）の、三つの師団を編成している（カナダやオーストラリアやニュージーランドの軍隊に入った者もいる）。もっとも、このアイデンティティは、激戦で戦死者が増えるにつれ、新しい兵力が投入されて失われていく。第三六アルスター師団を形成したのは、自治法に反対しイギリスとの連合を維持していく目的で組織されていた準軍事組織、前述の「アルスター義勇軍」や市民の有志であった。「アルスター義勇軍」の多くはすでにイギリス軍の予備隊のメンバーであった。南部から、第一〇、第一六アイルランド師団に加わったのは、「アングロ・アイリッシュ」[7] と呼ばれるイギリスに出自を持つプロテスタントだけでなく、ジョン・レドモンドの要請に応えて出征したカトリック、また、経済的な理由から、あるいは冒険を求めて入隊した者もいた。給料が倍になる上に家族への手当が支給されることは、貧しい非熟練労働者には魅力的であった。皮肉屋の劇作家バーナード・ショーは、新兵募集のためには、「トレンチはダブリンのスラム街よりはるかに安全だし、残された妻には別居手当が支給される」[8] と宣伝することだと書いている。しかし、貧困や失業が志願の理由であるよりも、自分が属している組織——準軍事組織、スポーツ・クラブ、学校等——の期待に添おうとする心理的重圧が大きかったことが指摘されている。熟練労働者や専門的職業に携わっていて収入の安定した者が志願する場合が多かったのは、そのせいであろう。(9)

これらのアイルランドの師団のうちで、最初に激戦を戦ったのは、一九一五年八月にガリポリ半島のスヴラ湾上陸作戦に参加した第一〇師団であった。この中には、ダブリンのラグビー・ユニオンの会長が集めた若いアスリート達から成る、ロイヤル・ダブリン・フュージリア連隊、第七大隊、D中隊があるが、中隊の七〇パーセント以上がオスマン帝国の反撃で死亡している。

他の二つの師団はフランスへ派遣され、共にソンムの戦いに参加している。特に第三六アルスター師団は、ソンムの戦いの初日に塹壕を飛び出し（go over the top）攻撃する任務を負い、甚大な死傷者を出している。戦いの最初の二日で、第三六アルスター師団一六〇〇〇人の内、五五〇〇人が負傷、二〇〇〇人が死亡した。七月一日にヴィクトリア戦功章を受章した九人のうち、四人がアルスター師団に属していたという。(10)ソンムの戦いが始まった七月一日は、一六九〇年にボイン川でプロテスタントのオレンジ公ウィリアムがカトリックのジェイムズ二世を破った日（但し、後に採用された新暦では七月一二日に相当する）に重なることから、今も北アイルランドでは、この二つの事件を同一視して英雄的犠牲を讃える傾向が見られる。「オレンジ」は英国帰属を支持するユニオニスト、ロイヤリストを示す色となる。北アイルランドでは、一七九五年にユニオニズムとプロテスタント優位体制を維持しようとする秘密結社「オレンジ会」が結成されて、今に至る。

　その年の九月には第一六アイルランド師団が膠着した戦線に投入されて多くの犠牲を出した。九月九日には、トマス・ケトルがギンシーの戦いで戦死。レドモンドが望んだようにこの二つの師団が並んで戦ったのは、翌一七年六月、ベルギーのメシーヌにおいてであるが、この時レドモンドの弟のウィリーが戦死する。同年八月には、第一六師団と第三六師団は、第三次イープルの戦いにおいて、ランゲマルクで再び「サイド・バイ・サイド」で戦うことになった。

　南北アイルランドの融和が実現することを望んだ兄の期待は、これらの戦局ではたしてかなえられたのだろうか？　少なくともメシーヌにおいては、南北両師団が戦線で隣接していることがお互いの友好と理解を深めることになったようである。重傷を負ったウィリーはアルスター師団の救急介護所に運ばれ、南北が協調できることに兵士たちは感銘を受けたという。しかし、一七年八月ランゲマルクにおいては、激戦で大勢が死亡し、疲弊しきった兵士たちの間にはもはや融和はなく、よそよそしさが戻っていた。司令官ヒューバート・ゴフが無理やり突撃させようとしたことが原因で、融和に終止符が打たれたという説もある。[11] 三つの師団は戦死者が増えるにつれ、解体統合されて、初期のアイデンティティを失っていった。[12] その後政治的に融和が実現していないことは、アルスターの六州がイギリスに残留したことからも、六〇年代に始まる北アイルランド紛争（「厄介事《トラブルズ》」とも呼ばれる）を振り返っても明らかである。

二　復活祭蜂起起こる

ソンムの戦いが始まる二か月少し前、一九一六年四月二四日、復活祭が開けた月曜日に、突如ダブリンで復活祭蜂起が起きる。これは、イギリスに当面は協力して、大戦後にアイルランドの自治を獲得していこうとする動きに対して、いきなりアイルランド共和国の樹立を目指す動きであった。中心になった組織は、「アイルランド共和主義同盟」(IRB : Irish Republican Brotherhood)、「アイルランド義勇軍」の一部（大戦前に結成されていたが、大戦への参戦をめぐって賛成派多数と反対派少数に分裂）、社会主義者ジェイムズ・コノリー率いる「アイルランド市民軍」、そして「アイルランド女性評議会」という準軍事組織であった。IRBは、アイルランド共和国の独立を目指して一八五八年に結成された秘密結社で、メンバーは「フェニアン」と呼ばれ、アメリカにも組織がつくられていた。一八六七年にアイルランド各地やロンドンで、イギリスと土地所有階級の搾取を非難し、共和国の独立を求め蜂起を起こして失敗している。それから五〇年後に起きたのがこの復活祭蜂起であった。

なぜこの時期に無謀と思われる武装蜂起を企てたかについては、この年の初めにイギリスで徴兵制が導入され、アイルランドにも導入することが計画されていたので、それに対する反発があったことが指摘されることがある。しかし、大戦が起きた時にすでにIRBは「軍事委員会」を設立して、蜂起の準備を進めていたから、それが直接の動機であるとは言えない。ヨーロッパで起きた戦争がアイルランドに絶好の蜂起の機会を提供してくれると彼らは考えていた。復活祭を象徴的に蜂起（Rising）の時期に選び、しかもゲリラ戦ではなく、町中を戦場とする戦いを選んだのである。[13]もし首謀者のパトリック・ピアスがケルト神話の英雄クフーリンを思い浮かべて戦いに臨んだとしたら、それは騎士の姿を胸に大戦に出て行ったイギリス兵のアイルランド版であったと言えるかもしれない。[14]

ＩＲＢはアメリカのフェニアンやドイツからの援助をとりつけ、翌一五年にはダブリンの義勇軍各部隊に指揮官を配属して武装蜂起の準備を進めていた。また、社会主義者で市民軍を率いるジェイムズ・コノリーと協調することになり、義勇軍と市民軍はダブリンで軍事パレードを行い徴兵反対集会を開いた。コノリーは労働者階級が帝国主義の戦争を放棄して、内乱に転じさせ、革命に向かうことを主張したが、これはレーニンのボリシェヴィキ革命についての意見と軌を一にするものであった。[15]イギリスが大戦の方に力を集中してアイルランド問題にまで手が回らなかったことも事実であり、日常的に市民の武装化が進んでいたアイルランドでは、ドイツからの武器が調達できていれば、イギリスの危機をアイルランドの好機に変えることは不可能ではなかったかもしれない。

蜂起の「血の犠牲」という側面が強調されるが（反乱軍一六〇〇人に対して、イギリス軍一二〇〇〇人、加えて武器の不足）、最終段階で混乱が生じるまでは、ＩＲＢの「軍事委員会」は成功の可能性があると信じていたようである。[16]ＩＲＢを支持するアメリカの組織（クラン・ナ・ゲール）を通して、ドイツの武器を調達しアイルランドに運ぶ計画がイギリスに阻まれ、蜂起の中止を伝えようとアイルランドに着いたロジャー・ケイスメントが逮捕されたのが、四月二二日のこと。

そのため、当初二三日の復活祭の日曜日に予定されていた蜂起は翌日に変更され、アイルランド各地で企てられていた蜂起は、ダブリンとその他数か所に縮小された。しかも新聞に掲載された中止命令のために参加者も当初よりは大幅に減ってしまった。

場当たり的な蜂起に反対し中止命令を出したオーエン・マクニールに替わってＩＲＢの指導者の座についたピアスは、ダブリンの中央郵便局を占拠すると、その外で「アイルランド共和国暫定政府樹立宣言」を読み上げ、自ら大統領に就任した。義勇軍のジェイムズ・コノリーは副大統領となる。しかし、不穏な動きを察知していたイギリス軍はすぐに反乱軍に優る兵力と武力を投入し、六日間戦った後ピアスは屈服を宣言した。市民も加えて四五〇人以上の人々が殺され、その時のダブリンの惨状は、西部戦線のそれにたとえられている。[17] 筆者が閲覧した、蜂起を伝える『ベルファスト・テレグラフ』紙には、「ダブリンの蜂起」「アイルランドの蜂起」「シン・フェインの蜂起（誤ってこう報道されることが多かった）」という見出しが並んでいた。

戦場でイギリス軍として戦っているアイルランド兵士にとって、蜂起はいきなり背中を一突きされる（'stabbed in the back'）ようなものであった。蜂起が起きた時、西部戦線にいたウィリー・レドモンドは、とりわけピアスが「勇敢なドイツの同志」に支援を求めたことに「打ちのめされた」。[18] まだダブリンにいたトマス・ケトルは、自由なヨーロッパで自由な一つのアイルランドをつくるという夢を台無しにされた、と考え、すぐに西部戦線に送られるよう働きかけたという。[19]

この暴挙に対するダブリンの人々の反応はというと、無関心よりは怒りであり、特にジョン・レドモンドをまだ支持している人々や、西部戦線に出征した身内を持つ人々（前年の八月には第一〇アイルランド師団がガリポリのスヴラ・ベイで多数の死傷者を出している）にとっては、「許せない裏切り行為」に思われた。アイルランド共和国ができると、イギリス軍の別居手当が不払いになるのではないかと恐れて抗議する兵士の家族もいたことが半分神話のように伝えられている。[20] そういう市民の反応が、イギリスへの怒りと叛徒への共感と同情に変わるのは、屈服後イギリス政府がろくに裁判もせずに、蜂起の首謀者一四人を五月三日から一二日までのうちに銃殺刑にしてしまったことである。この性急な処刑実施に対してイギリス政府への強い批判があがり、九〇人に下されていた死刑宣告は一四人に執行されただけで終わった。W・B・イェイツは蜂起とそれに続く処刑の後の変化を「すべてが変わってしまった、全く変わってしまった／恐ろしい美が生まれた」という言葉で表し、その後蜂起は革命と考えられ、神話化されることになる。なぜなら、蜂起がなければ、大戦後、イギリスからの独立戦争（一九一九―二一）も、その後で締結された英愛講和条約の是非をめぐるアイルランド内戦（一九二二―二三）もなく、アイルランド自由国の成立（一九二二）も今日のアイルランド共和国の成立（一九四九）もなかったかもしれないからである。「共和制」の旗印のもとにアイルランドのナショナリズムが結集できたのは、蜂起のおかげであったと言える。

八〇〇年のイギリス支配の後、蜂起からアイルランド共和国の成立までは急ピッチに進んでいったが、北がイギリスに残留したままの独立は蜂起の参加者が望んでいた形ではなかった。南では大戦後、不人気になったアイルランド議会党に替わって、エーモン・デ・ヴァレラ率いるシン・フェイン党が圧勝し、その軍事部門ともいうべきＩＲＡ（Irish Republican Army）の活動が活発化する。南が共和国として独立してからも、北ではプロテスタントとカトリックとの衝突が相次ぎ、Ｉ

図版２　「ピース・ライン」

ＲＡとＵＶＦ（Ulster Volunteer Force）とのテロの応酬が続いた。一九六九年頃からは、公民権運動の高まりと共に北での両者の紛争が激化する。アイルランドのカトリックが団結して共和国設立を目指す暴力が一九一六年には許されて、なぜ一九六九年には許されないのか、また、南へこれが波及していくことを阻止しようとするのと矛盾しないか、というのが北のカトリック急進派の主張であった。[21] 一九九四年のＩＲＡの休戦宣言と一九九八年の「ベルファスト合意」で和平が成立し、この紛争はひとまず終わったが、今もベルファストやデリーでは、カトリックとプロテスタントとは三〇〇以上の「ピース・ライン」（図版２）と呼ばれる分離柵で隔てられ、八〇パーセントの学校が宗教の違いによって分けられていて、かろうじて平和が保たれているにすぎない。

三　第一次世界大戦と復活祭蜂起

北にとっての第一次世界大戦と復活祭蜂起

ソンムでのアルスター師団の活躍と悲劇は、すぐにアルスターに伝わり、人々は哀しみに暮れた。例年七月一二日に行われていた、ボイン川での勝利を記念する伝統あるオレンジ会のパレードは、この年初めて中止になり、代わりに戦死者のために五分間の黙祷が行われたという。[22] ベルギーやセルビアのような小国の解放のために戦ったアルスター師団の勇気ある犠牲は、ロイヤリストの伝統の中にしっかりと組み込まれたのである。

北では、今もプロテスタントの間でソンムの戦いにおける第三六アルスター師団の勇気と犠牲が讃えられている。西ベルファストのプロテスタント地区には、その活躍を誇示するミューラルが数多く見られる(図版3)。「一六九〇を思い出せ」「降伏せず」「我々が忘れないように」は合言葉であり、実際にあった恐ろしい出来事は「栄光ある敗北」(その点では復活祭蜂起同様)として神話化され、ボイン川での勝利と並んで、英国王とプロテスタンティズムへのアルスターの忠誠を物語るものとなった。さらに言えば、ユニオニストにとって、ソンムは一九一二年の「アルスター誓約」とも一続きであって、それ故に一緒にソンムで戦った南のナショナリストや北のカトリックの貢献は評価できないのである。(「アルスター誓約」は「アイルランド共和国独立宣言」に対応すると考えられる。)復活祭蜂起はアルスターのユニオニストにとっても不意打ちであったが、英国への忠誠を示す絶好の機会であると思われた。ところが、イギリス参戦に際して直ちに義勇兵を送ったにもかかわらず、復活祭蜂起後にイギリス政府が南のリパブリカンと交渉を始めたことは、ユニオニストには裏切り行為に思えた。イギリスに恩恵を与えることは、イギリスから受け取ることをも意味したからである。[23] そこへ廻ってきたのが、復活祭蜂起の二月後に起こったソンムの戦いであった。これは、北がイギリスへの忠誠を示すまたとない機会となった。ユニオニストがイギリスへの忠誠を

図版３　プロテスタント地区のミューラル

重視する背景には、アイルランドのナショナリズムが与える脅威があり、アイルランドに自治を認めることは、南のカトリックに支配され、共和政に組み入れられることにほかならなかったのである[24]（図版4）。

アルスターに自治を強制することはイギリスにとっても破滅を意味することを警告するラドヤード・キプッリングの詩がある。「アルスター　一九一二年」という詩の最後で、「一つの法、一つの土地、一つの玉座／もしもイングランドが我々を追い出したとしたら／倒れるのはわれわれだけではないのだ！」と書いている。アイルランド自治が認められるのは時間の問題と考えられていた大戦前に、エドワード・カーソンと同じく極右の立場から、キップリングは帝国の凋落を警告したのだった。

一九一八年一一月一一日午前一一時、連合国とドイツとの間で休戦条約が成立したことを告げる鐘が一斉に鳴ると、交戦国の人々は心からの安堵と喜びに沸きたった。アイルランドの北でも南でもそれは例外ではなかった。しかし、大戦で先送りになっただけの自治問題は依然として残っていた。南のナショナリストがシン・フェイン党を中心に対英独立戦争に突き進んで行ったのに対し、北ではカーソンがアルスター義勇兵を召集して実力で自治法に反

図版4　「自治（Home Rule）なんていらないよ」というポスター

対する立場をとった。[25] その結果イギリスが採った方策は、アイルランドを二つに分割して、プロテスタント勢力が強いアルスター六州と、カトリックが多い南の二六州それぞれに自治を与えることであった（一九二〇年「アイルランド統治法」）。五年後に見直しをすることになっていた境界線は結局見直されないまま、一九二五年に固定化してしまい、アルスター六州は連合王国に留まることになったのである。

休戦条約締結の翌年一九一九年六月二八日には、ドイツと連合国との間でヴェルサイユ条約が締結され、七月一九日はこれを記念する「平和デー」と定められて、イギリスだけでなくアイルランドでも盛大なパレードが開かれた。[26] ベルファストでは、七月一日のソンムの戦いの記念行事が七月一二日のオレンジ会の恒例のパレードに組み入れられたため、「平和デー」は八月九日に延期された。戦死者への敬意を表すると同時に、イギリスへの忠誠を示し、自治法問題解決へのアピールをする意味もあった。[27] 二万人から三万六〇〇〇人の退役軍人がパレードに参加したと言われている。しかし、ナショナリスト達は「平和デー」の催しに参加しなかった。[28]

イギリスに留まることを選択したアルスター六州にとって、大戦のコメモレーションは、イギリスへの忠誠を示すものとなった。ベルファストはイギリスの援助を受けて造船業やリネン産業で栄えた都市であり、イギリス軍に所属してきた兵士の数は南のアイルランド（「緑色の英国兵」green redcoats と呼ばれ、一八世紀から一九世紀にかけて、貧しい労働者が英国出身者を上回るほど多数入隊していた）の比ではない。それだけに、もともと軍隊とは関係のうすかった北が活躍したソンムの戦いは記念すべきものとなった。彼らにとってソンムは、第一次世界大戦そのものであり、宗主国とのユニオンを象徴するものである。（しかし、第一部で述べたように、イギリスにとってソンムの戦いは最大の被害を出した悲惨で不名誉な戦いであり、戦争詩が怒りと皮肉に満ちたものになっていくきっかけを与えた戦いである。）一九一九年一一月一一日からは、大英帝国全体で休戦記念日が祝われるようになり、二九年一一月一一日には、ベルファストの市庁舎に、ロンドンのセノタフと同じポートランド石でできたセノタフが完成した。この落成式には、西部戦線で一緒に戦った第一六アイルランド師団のカトリックの退役軍人は招かれず、式典が終わった後で花輪を置くことを許されただけであった。しかし、その翌年からは、献花が礼拝の最初の方に組み込まれるようになったという。[29]

復活祭蜂起の記念行事は、北のカトリックの間でも続けられているが、プロテスタントとの間に新たな火種を生む可能性を常に秘めている。イギリスの支配を排除するための蜂起は、北においては、文字通りの意味を持ってしまうからである。一九二二年、北アイルランドが連合王国内の自治領として留まることが決まって間もなく、領内の治安を維持するために「特別権限法（Special Powers Act, 1922-73)」が成立した。特に禁止の対象になったのは、リパブリカンの理念を表明する集会やパレード、アイルランド三色旗の掲揚である。一九二六年から四九年の間、復活祭蜂起の記念行事はすべて禁止されたが、北に住むナショナリストの反対が強く、一九四〇年代からは禁止が緩和された。[30] しかし当然、アイルランド共和国のようにオフィシャルな記念行事ではない。

南にとっての第一次世界大戦と復活祭蜂起

大戦に赴いたトマス・ケトルが予言したように、復活祭蜂起の参加者たちは歴史に英雄あるいは殉教者として名を残したが、イギリス軍として戦った兵士たちは裏切り者のような立場に立たされた。しかし、大戦が終わった時、夢はかなえられなかったにせよ、出征した多くのアイルランド兵士達の犠牲を讃えようとする気運はあった。それに遺族にとっては哀悼を示す場が必要であった。

ダブリンでは一九一九年七月一九日に「平和デー」が開催され、カーキ色の軍服を着た退役軍人や赤十字等の看護団体五〇〇〇人を含めて二万人が勝利の行進をし、戦車や装甲車が続いた。しかし、二〇〇〇人から三〇〇〇人のナショナリストの退役軍人たちがパレードをボイコットしたという。パレードする地区がユニオニスト優勢かナショナリスト優勢かによっても反応は異なり、夜になって退役軍人が兵舎に引き上げる時には暴動が起こった。[31] この日トリニティ・カレッジの屋根に大勢の人が登って、ユニオン・ジャックが翻る中、「勝利の行進」を見ている写真がある。[32] 通りは人々で埋め尽くされているが、行進を拒否した退役軍人たちは、アイルランド総督ジョン・フレンチに敬意を表するのも拒んだという。

一九一九年一一月から始まった「休戦記念日」には、二万人の退役軍人が五万人の観客を前に行進し、トリニティ・カレッジが面する市の中心地カレッジ・グリーンにはあふれんばかりの人々が集い大戦の犠牲者を悼んだ。しかし、トリニティの学生が英国国歌を合唱すると、カトリックのナショナル・ユニヴァーシティの学生達が現われて、「兵士の歌」(現アイルランド国歌)を歌って対抗し、混乱が起こったことが報じられている。[33] このように大戦のコメモレーションをめぐって、ユニオニストとリパブリカンとの間で衝突が起こるので、パレードの場所は市街から郊外へと移されたが、戦死者追悼の儀式は少なくとも一九三一年までは続いていった。デ・ヴァレラが共和党

（フィアナ・フォイル）内閣を率いて大統領になってからは、政府の代表が儀式に出席することはなくなったが、ロンドンのセノタフでの毎年の式典には花輪が捧げられていた。これは第二次世界大戦が始まるまで続けられたという。[34]

では、南では、いつ頃から大戦を記念するパレードが禁じられ、大戦が「大いなる忘却」の状態に置かれるようになったのだろうか。それは、第二次世界大戦でアイルランド自由国が中立を守った時からであるようだ。イギリスの参戦を支持する意思表示になることを恐れて、ダブリンでの休戦記念日のパレードは禁じられた。一九三〇年ダブリン生まれの作家ジェニファー・ジョンストンは、子供の頃人々が大戦をしっかりと記憶していたことを記している。

歌や物語、有名なアイルランドの連隊の名前はみなわれわれの歴史の一部だった。戦没者記念日にはポピーが売られ、大勢が買っていたし、軍服を着た若者の古い写真が、無数の家々の壁に掛けられたり、マントルピースの上に立てられたりしていた。ところが、五〇年代になると、まるでドアがぴしゃりと閉められたかのように、人々はドアの向こうにあるものをすぐに忘れてしまったのだ。悲しい、または英雄的な話は語られなくなり、インチコアの戦争記念公園は完全に荒れ果てたままにされたのである。[35]

「インチコアの戦争記念公園」は、すぐ後に述べるアイランドブリッジの「アイルランド国立戦争記念庭園」と同じものを指す。一九六九年に北アイルランド紛争が始まってからは特に大戦について沈黙が守られるようになったという。[36] 語られるようになったのは、大戦研究の見直しが始まり、南北融和の契機を大戦に求めるようになった一九八〇年代後半からである。北アイルランド紛争は九八年に和平合意でひとまず終結し、休戦から八〇年を迎える九八年には、南北が一緒に戦った西部戦線のメシーヌに、戦死者や行方不明者を追悼する南北融和のシンボル「ピース・タワー」が建設された。過去もコメモレーションも政治的に再構築されたと言える。

アイルランド共和国における大戦のとらえ方の難しさは、一九八八年にダブリンにようやく完成した「アイルランド国立戦争記念庭園」(Irish National War Memorial Gardens)(図版5)の建設をめぐる歴史によく表われている。一九一九年に提案されていたが、場所はダブリンの中心地メリオン・スクエアから西方のフィーニックス公園へと転々と計画が変わり、結局市の西端のアイランドブリッジに広い敷地を得て建設されることになった。アイルランド自由国の大統領W・T・コスグレーヴは建設のための委員会を起ち上げて記念計画を推進し、それを引き継いだデ・ヴァレラ大統領は、多額の助成金を出して援助している。コスグレーヴもデ・ヴァレラも復活祭蜂起に参加して死刑を免れた人物であるが、大戦の死者たちもやはり、国のためになると思ってイギリス軍に入隊して戦ったということを尊重したのだった。[37] 記念碑にするのか、退役軍人のための宿舎にするのか、あるいは子供たちの教育資金にあてるのか、その用途についてもさまざまな議論があったが、結果は、最も可能性の低かった記念碑と記念公園を建設することに決まり、[38] 一九三〇年、帝国戦争墓地委員会の戦争墓地や記念碑を設計してきた有名な建築家エドウィン・ラチェンズ(母はアイルランド出身)に依頼して建設が始まった。建設のための作業は、仕事を与えるために、アイルランドとイギリスの退役軍人が半々ずつ動員されて行われた。記念碑と庭園（沈床園）、英連邦戦争墓地に見られる「犠牲の十字架」と「追憶の石」があり、ポピーの花輪が飾られた、きわめてイギリス的な庭園墓地である。

この庭園は一九四〇年に一応の完成を見、その年から非公式の休戦記念日行事は始まったものの、徐々に大戦を記念することへの共感はうすらぎ、休戦記念日はイギリスの行事だと考えられるようになっていた。墓地はリパブリカンの襲撃に二度見舞われ、公式の国家行事が執り行われるようになったのは、ソンムの戦いの九〇周年からである。その間第二次世界大戦が起こり、アイルランドは中立を守ったが、連合国のために戦った者や沿岸への攻撃を受けて死亡した者もおり、第二次世界大戦の死者をも含めた記念碑に変わっている。イギリス在郷軍人会やユニオニスト、聖パトリック教会が中心となって休戦記念日の行事を行っている。

図版５　「アイルランド国立戦争記念庭園」

アイルランド共和国では、復活祭蜂起を記念する行事は今では観光に利用されるほどのイヴェントになっていて、一〇〇周年にあたる二〇一六年には、復活祭の日曜日に、軍隊が中央郵便局を通ってパレードをし、「共和国宣言」が読まれ、処刑が行われたキルメイナム刑務所では大統領が花を手向ける国家行事が盛大に行われた。蜂起に関する展示会が中央郵便局や劇場で開催され、蜂起にちなむ場所を訪れる趣向を凝らしたバス・ツアーやウォーキング・ツアーがその年の間実施されて、人気を呼んだ。

しかし蜂起後すぐにこのような盛大な記念行事が定例化したわけではない。大戦の後、対英独立戦争、そして内乱が続き、いつを国のコメモレーションの日にするかで議論があった。ようやく一九二四年に、復活祭蜂起の第一回目のオフィシャルな国家の記念式典が、蜂起の宣言文に署名した七人が眠るアーバー・ヒルの墓地で行われた。が、署名者の身内の出席はなく、軍隊による行進と一斉射撃と軍葬らっぱの演奏があっただけだという。[39] 共和国として独立した後には、蜂起や独立戦争で戦った退役軍人たちが、復活祭の日曜日にパレードをして、アーバー・ヒルの墓地で花輪を手向けるというふうに定例化する。一九六六年には、蜂起から五〇年を記念して、共和国大統領デ・ヴァレラが市の目抜き通りオコンネル通りの北端に「追憶の庭」(Garden of Remembrance)をつくらせた。これは、両大戦以外(一七九八年の「ユーナイティッド・アイリッシュマンの蜂起」から一九一六年の「復活祭蜂起」までの五つの蜂起と、一九一九年から二一年の対英独立戦争)の、アイルランドの自由のために戦った人たちを追悼する場所である。敷地こそ狭いが、市の中心にあり、再生と復活を象徴するアイルランド神話の「リルの子供たち」の像が置かれている。そびえる塔はなく、花に飾られた庭園である。六〇年代後半、北アイルランドの武力闘争が起こるようになってからは、復活祭蜂起の記念行事は影をひそめてしまった。しかし、一九九八年和平合意が成立し、アイルランド共和国では「ケルトの虎」と呼ばれる空前の好景気を迎え、二〇〇六年の九〇周年には再び復活祭の日曜日に軍隊パレードが行われ、盛大な式典が祝われた。レベル・ソング(イギリスに対する抵抗をテーマとしたフォーク・ソング）を集めた九〇周年記念CDも出ている。

アイルランドでは、国のために命を捧げた人々のコメモレーションとして、特定の一日を選ぶことが難しく、「聖パトリックの日」（アイルランドにキリスト教を布教した聖パトリックの命日の三月一七日）は一九七四年から、「国のコメモレーションの日」（一九二一年にアイルランド独立戦争の休戦が成立した、七月一一日）は一九八六年から「追憶の庭」で祝典が行われている。

アイルランドと大戦の関係について、二〇一八年一一月一二日の『アイリッシュ・ニュース』紙（ベルファストに基盤を置くナショナリスト系新聞）にトム・ケリー（SDLP社会民主労働党）が書いた記事は、休戦後一〇〇年めの時点でアイルランドと大戦の関係について述べたものとして示唆に富んでいる。大戦で戦った曾祖父のメダルがシンガー・ミシンの引き出しに乱雑に入れられていたのに対して、対英独立戦争で戦った祖父のメダルは額縁に入れられて飾られていたこと、また、四二才の曾祖父がイギリス軍に入って戦った一番の理由は、経済的なものであって、同じカトリックの小国ベルギーを救うという目的はそう大きいものではなかっただろうと書いている。大戦のコメモレーションについては、世代が違うジェニファー・ジョンストンの記憶と対照的である。

四　第一次世界大戦とアイルランドの記憶

「第一次世界大戦とアイルランドの記憶」という言葉は、デクラン・カイバードの著書『アイルランドの創出』のひとつの章のタイトルでもある。ポール・ファッセルが『第一次世界大戦と現代の記憶』で論じている「文学的戦争」は、アイルランドにはあてはまらない。ソンムの戦いで現代的な戦争の恐怖を知ってからは、オーウェンのように、「祖国のために死ぬことは美しくかつ誉れなり」という言葉を否定するようになったということもない。また、「現代の記憶」といっても、アイルランドのカトリックとアルスターのプロテスタントとでは記憶するものが全く違ったものになっている。[40]

大戦に参加したアイルランドの「戦争詩人」として名前を挙げられるのは、フランシス・レドウィッジ（一八八七―一九一七）、そのパトロンのダンセイニ卿（一八七八―一九五七）、従軍体験をもとに小説も書いているパトリック・マギル（一八九〇―一九六三）、アイルランドの最初のモダニスト詩人と考えられているトマス・マクグリーヴィー（一八九三―一九六七）、詩の他に小説やエッセイや文学批評も書いているモンク・ギボン（一八九六―一九八七）、それに詩人というより経済学者、ジャーナリストのトマス・ケトル（一八八〇―一九一七）がいる。イギリスの戦争詩人とは数においても書く内容においても著しく異なる。レドウィッジの頭の中にあるのは、まず第一に故郷の風景であり、アイルランド兵のガリポリやフランダースでの戦いのことであり、ソンムの戦いではなく、復活祭蜂起で死んだトマス・マクドナやジョゼフ・プランケットやパトリック・ピアスのことである。アルスターの戦争詩人となるともっと少数である。共にベルファスト生まれのトマス・カーンダフ（一八八六―一九五六）とC・S・ルイス（一八九八―一九六三）くらいだろうか。しかし、ルイスは『ナルニア国物語』や中世文化研究の方で知られており、イギリスで活躍したアイルランド系イギリス人と考えられている。戦争詩の少なさは、ソンムの戦いが過剰に記憶されていることと対照的である。この理由として、アルスターのロイヤリズムは想像力や詩と結びつけられるものではなく、むしろ「実直さ」であって、共和国ナショナリストの「喜んで国のために死ぬ」という美徳とは異なることが挙げられている。(41)

アイルランドにとっての大戦は復活祭蜂起と切り離すことができないので、復活祭蜂起の文学をアイルランド大戦文学の一部と見なす考え方もある。(42) さらには、休戦条約締結後に起こった対英独立戦争や内乱について書いた詩も、大戦詩として見なすことができる。その意味では、従軍体験がなく、大戦詩を書かないと公言していたイェイツが、最もアイルランドの大戦について書いてきた詩人と言えるかもしれない。

注

(1) アイルランド島は四つの地方――アルスター、レンスター、マンスター、コナハト――から成り、現在アルスター地方は六県が北アイルランド(イギリス)に所属し、三県がアイルランド共和国に所属する。北アイルランドは「北」「アルスター」(一七世紀にイギリスから渡って来て住みついたプロテスタント達は歴史のある「アルスター」という呼称を好む)」「六県」「ユニオニスト(イギリスとのユニオンを望む)」「ロイヤリスト(急進派ユニオニスト)」「プロテスタント」「オレンジ」で表わされ、アイルランド共和国は「南」「ナショナリスト」「リパブリカン(急進派ナショナリスト)」「カトリック」「グリーン」などで表わされる。この対立構造は、「北」の中でのプロテスタントとカトリックの対立にもあてはまる。

(2) Linda Colley, *Acts of Union and Disunion* (London : Profile Books, 2014), p. 99.

(3) 鈴木良平『IRA（アイルランド共和国軍）――アイルランドのナショナリズム』（彩流社、一九九一年新増補版）、一七―一八頁。

(4) Richard S. Grayson, *Belfast Boys : How Unionists and Nationalists Fought and Died Together in the First World War* (London : Continuum, 2009), p. 14.

(5) しかし、一八四九年にヴィクトリア女王がコークとダブリンとベルファストを一一日間にわたって訪問した時、どの町でも熱烈な歓迎を受けたことから、帝国を離脱してリパブリックを望む声が民衆レベルまで浸透していたのかどうかを、疑問視する歴史家もいる。'Irish History Live' https://www.qub.ac.uk/sites/irishhistorylive/IrishHistoryResources/Articlesandlecturesbyourteachingstaff/QueenVictoriainIrelandAugust1849/

(6) 前者は Seán Duffy (ed.), *The Macmillan Atlas of Irish History* (NY : Macmillan, 1997), p. 112. 後者は Keith Jeffrey, *Ireland and the Great War* (Cambridge : Cambridge UP, 2000), p. 7.

(7) アイルランド生まれのイギリス人で、アイルランド教会に属するプロテスタント。一八世紀に経済的・社会的・文化的に活躍し、プロテスタント支配《アセンダンシー》と呼ばれる。イギリスの利害を代弁してきたのに、イギリスから植民地扱いされることへの不満が生まれ、カトリック以上に「愛国的」となる。ジョナサン・スウィフト、ジョージ・バークリー、エドマンド・バーク等の文人。

(8) Fran Brearton, *The Great War in Irish Poetry : W. B. Yeats to Michael Longley* (Oxford : Oxford UP, 2000), p. 8 に引用。

(9) David Fitzpatrick, "Home Front and Everyday Life" in John Horne (ed.), *Our War : Ireland and the Great War* (Dublin : Royal Irish Academy, 2012), pp. 134-35.

(10) Brearton, p. 27.

(11) Keith Jeffrey, p. 64; Myles Dungan, *Irish Voices from the Great War*（Dublin : Irish Academic Pr., 1980）, pp. 175–77.

(12) 第一〇師団と第一六師団は西部戦線の他の師団に併合され、第三六師団はイギリスからの徴集兵に補充されて「アルスター」という名前は名目だけになった。Leagan Gaelige, 'Irish Soldiers in the First World War (Somme)' https://www.taoiseach.gov.ie/eng/Historical_Information/State_Commemorations/Irish_Soldiers_in_the_First_World_War.html

(13) Jeffrey, p. 49.

(14) Kathleen Devine, *Modern Irish Writers and the Wars*（Gerrards Cross : Colin Smythe, 1999）, 'Introduction', p. xiii.

(15) 堀越智『アイルランドの民族運動の歴史』（三省堂、一九七九年）、一二四―一二六頁。こうした考え方は、「復活祭蜂起は第一次世界大戦に対する最初の公然たる蜂起であり、ロシア、ハンガリー、ついにはドイツで反乱が続き、ついには殺戮を終わらせたのだ」（James Heartfield & Kevin Rooney, *Who's Afraid of the Easter Rising? 1916–2016*（Winchester : Zero Books, 2015）, p. 82）という見解を生み出すもとになったと考えられる。

(16) James Stephens, *The Insurrection in Dublin*（1978; Gerrards Cross : Colin Smythe, 1992）, pp. xv–xvi. F. S. L. Lyons, *Culture and Anarchy in Ireland 1890–1939*（Oxford : Oxford UP）, p. 92.

(17) Jeffrey, p. 73.

(18) Jeffrey, pp. 54–55.

(19) Tom Kettle, *The Ways of War*（New York : Charles Scribner's Sons, 1917）, pp. 32–33.

(20) Jeffrey, pp. 45–47.

(21) Fearghal Mcgarry, 'How Ireland's 1916 Easter Rising Has Been Commemorated Over a Century' *Time*, April 22, 2016.

(22) Jeffrey, p. 57, Nuala C. Johnson, *Ireland, the Great War and the Geography of Remembrance* (Cambridge : Cambridge UP, 2003), p. 71.

(23) James Loughlin, 'Ulster unionism and the politics of remembrance' in Adrian Gregory & Senia Pašeta (ed.), *Ireland and the Great War : 'A war to unite us all'?* (Manchester : Manchester UP, 2002), p. 134; Brearton pp. 33–34.

(24) Loughlin, p. 146.

(25) Grayson, p. 157.

(26) Samuel Hynes, *A War Imagined : The First World War and English Culture* (London : Pimlico, 1990), p. 279.

(27) Loughlin, p. 141.

(28) Grayson, pp. 168–69.

(29) Jeffrey, p. 132.

(30) Roisin Higgins, '"The Irish Republic was proclaimed by poster" : the politics of commemorating the Easter Rising' in *Remembering 1916 : The Easter Rising, the Somme and the Politics of Memory in Ireland*, (ed.) Richard S. Grayson & Fearghal McGarry (Cambridge : Cambridge UP, 2016), p. 56; Laura K. Donoghue, 'Regulating Northern Ireland : The Special Powers Acts, 1922–72' *The Historical Journal*, 41, 4 (1998).

(31) Johnson, pp. 63–65.

(32) Horne (ed.), pp. 258–59. 及び http://www.andrewcusack.com/2009/victory-parade-dublin/

(33) Jeffery, p. 115.

(34) D. G. Boyce, '"That party politics should divide our tents": nationalism, unionism and the First World War', in Adrian Gregory & Senia Pašeta (ed.), pp. 201–02.

(35) Jennifer Johnston, 'Introduction' to Alice Curtayne, *Francis Ledwidge: A Life of the Poet* (1972; Dublin: New Island Books, 1998), pp. 10–11.

(36) Keith Jeffrey, 'Echoes of War', p. 272 in Horne (ed.)

(37) Jeffrey in Horne (ed.), p. 270.

(38) Jeffrey, p. 116.

(39) John Dorney, 'Commemorating the Easter Rising Part I, 1917–36' http://www.theirishstory.com/2016/01/29/commemorating-the-easter-rising-part-i-1917-1934/#.W59Kuc7SM8; David Fitzpatrick, 'Instant history: 1912, 1916, 1918' in *Remembering 1916*, p. 79.

(40) Edna Longley, p. 69.

(41) Brearton, p. 35.

(42) Brearton, p. 15; Marjorie Perloff, '"Easter, 1916": Yeats's First World War Poem' in Tim Kendall (ed.). *The Oxford Book of British and Irish War Poetry* (Oxford: Oxford UP, 2007), p. 230. アルスター・プロテスタントが「誇り高く、無口で、想像的でない」のに対して、アイルランドのカトリックは「精神的、話し好き、想像的」という対照的なステレオタイプがよく用いられるという。Brearton, p. 37.

第2章　アイルランドの「戦争詩人」たち

一　「平和の詩人」、フランシス・レドウィッジ

レドウィッジにとっての大戦

アイルランドにはイギリスと同じ意味での「戦争詩人」はいないと書いたが、とりわけフランシス・レドウィッジ（一八八七―一九一七）は、大戦に行き戦死したとはいうものの、むしろ「平和の詩人」と呼ぶ方がふさわしい。もしくは、生まれ故郷のレンスター州ミース県スレインの自然を歌うことが多かったので、「クロウタドリの詩人」と呼ばれることもある。貧しい生い立ちや一三才までしか学校教育を受けていないことも、イギリスの「戦争詩人」「兵士詩人」とは異なっている。

九人兄弟の下から二番目で、五才の時に農場で働いていた父が亡くなり、一家は困窮、レドウィッジは道路工夫や炭鉱夫として働いて家計を助けた。学校に通っている時から詩への興味を持ち続け、ロマン派の詩、とりわけジョン・キーツを好み、読むだけでなく、自分でも詩作をするようになる。その一方で、労働者階級の困窮に関心を抱き、ミース労働組合の支部の幹部も勤めた。

熱心なアイルランド自治の支持者で、ユニオニストによって自治が脅かされているのを知ると、「アイルランド義勇軍」ミース支部を同志と共に設立する。第一次世界大戦が起きた時、「アイルランド義勇軍」は、レドモンドに賛成してイギリス軍に入って戦うか、反対の立場を貫くかで分裂した。レドウィッジは、反対の小数派に留まった。しかし、ミース県は、グリーンとオレンジが戦場で肩を並べて戦えば、戦後には一つになったアイルランドが実現すると考える見方が多数派を占めたところで、最終的に彼は参戦賛成派にまわる。反対表明が九月、賛成に変わるのが一〇月、一〇月二四日には、王立イニスキリング・フュージリア連隊にダブリンのリッチモンド兵舎で入隊している。この連隊は七〇パーセント以上がアイルランド人であった。後に、なぜイギリス軍に入ったかを聞かれて、レドウィッジは次のように答えている。

私がイギリス軍に入隊したのは、それがアイルランドと我々の文明の共通の敵の間にあるからです。私達が決定を下す以外に何もしない間に、イギリス軍が私達を守ったとは言わせたくないのです。(1)

レドモンドの徴募演説にあるような、模範的な志望動機を語っていると言えよう。ブリテンが脅威にさらされているなら、アイルランドも同様であり、そのアイルランドへの忠誠心が彼を出征へと向かわせたと考えるのが妥当であろう。しかし、この急な変心の原因に、失恋や「アイルランド義勇軍」に対する失望があるとも言われている。

入隊したレドウィッジは第一〇アイルランド師団に加わり、ガリポリ半島のスヴラ湾での連合国軍の壊滅的な上陸作戦に参加したことを手始めに、ギリシャのテッサロニキを経て、セルビア、最後はフランスとベルギーの激戦地へと次々と派遣され、激烈な戦闘を経験している。戦争に行くことは「(無料で) 世の中を見ること」とよく言い換えられるが (イギリスでは、兵士を募るポスターにこの言葉が使われた)、こんなにヨーロッパを転々と旅するのは、レドウィッジにとって初めての経験であった。が、大戦の恐怖について書いた詩は少なく、幻滅について書くことはあっても反戦詩を書いたことはない。

兵舎で書いた詩の一つに、クロウタドリの鳴き声を聞くのを待ち望む「場所」と題された詩がある。後半を引用する。

そして戦争が終わったらリュートを
取り出してもう一度歌おう、
茂みの間で囁いているものたちの歌を。
僕が愛するものたちの歌声はその調べでわかるのだ。
彼らの調べがクロウタドリの夜明けの歌になりますように、
彼らの歌詞がみずみずしく神々しい露に濡れた花になりますように。
でも今は長い冬で寂しい、
そして神様! もう一度クロウタドリが歌うのが聞けますように。

出征してから書いた詩の多くがこのような、自然や生き物に関するパストラル的なもので、戦争は現実のものというよりはトロイア戦争や古代アイルランド神話の戦争である。そして、彼は「歌を歌う詩人」であって、三つの詩集の表題にはすべて「歌」(Songs) という言葉が使われている。

復活祭蜂起を知る

彼が心を揺さぶられるのは大戦より復活祭蜂起の方である。復活祭蜂起が起きた時、彼はマンチェスターの病院で大戦中にかかった病気の治療中であった。アイルランドに留まっているべきだったという思いに加えて、処刑のニュースは彼を深く傷つけた。彼の友人三人もイギリス軍に処刑されたことを聞いて、その中の一人、トマス・マクドナにあてた詩を書いている。

彼は身を横たえている荒々しい空で、
サンカノゴイが叫ぶのを聞くことはない。
また、雨が泣き叫ぶのにまさる
もっと甘美な鳥の声を聞くこともない。

騒々しい三月の風が、よこなぐりの雪の間から
甲高いファンファーレを吹き、
ひっくり返ったたくさんのひまわりの黄金のカップに

火をつけようとしているのを知ることはない。

けれども黒い牝牛［アイルランドのこと］が荒地と
食い荒らされた牧草地を出る時、
おそらく彼は牝牛が気持のよい牧草の中で
角をあげながら、朝にモーと泣くのを聞くだろう。

この詩は、すぐ前に引用した「場所」同様、レドウィッジの第二詩集、戦争中に書いた詩を集めた『平和の歌』(一九一七)に入っている（死後出版になるが、レドウィッジ自らが校閲をすませている)。実際に書かれたのが戦火の中であるにもかかわらず、故郷ミースへの自然と生き物への愛情にあふれたこの詩集をダンセイニはこう名づけたのだった。

イギリス軍による処刑は、再びレドウィッジにイギリス軍へ志願したこととアイルランドへの愛国心を矛盾としてつきつけることになる。彼は休暇の延長を求めたが受け入れられず、しかも対応した上官に暴言を吐き、結局無断でデリーとスレインに留まってしまう。蜂起した者たちへの世論は、彼がスレインに滞在した時から好意的なものに変わってきていた。病気を理由に退役することを考えよという友人の助言に耳を貸さず、軍隊に戻っていったレドウィッジは、軍法会議にかけられ、伍長の地位をはく奪された。「軍法会議の後で」という詩を書いている。

私の心は私の心ではない、だから
人が言うことを気にしないのだ。
神がニネヴの町を呪ったよりも
何万年も前に私は生きていたのだから。

現在というのは、恐怖と騒々しい苦しみから
成る夢だとわかっている。
夜明けには鳥が私を起こして
王たちの間の私の席へとつけてくれる。

人は私を悪く言い、
私の夢の中の仲間は行ってしまったけれども、
恥を忍ぶのは兵士の私であって、
バビロンの王の私ではないのだ。

兵士と賢明なバビロンの王とに自分を分けることによってかろうじて、自己矛盾を乗り切ろうとしているように思われる。この詩は、『最後の歌』(一九一八)に入っている。その後デリーのエブリントン兵舎で七か月過ごした後[2]、一九一六年一二月にフランス、ベルギーでの最後の軍務に出発するのである。

ダンセイニ卿

レドウィッジを詩人として世に出す上で、大きな貢献をしたのがダンセイニ卿（一八七八―一九五七）である。レドウィッジと同じミースの出身で、タラの丘に一二世紀来の城をかまえ、自らも創作活動をする一方、レドウィッジに詩作のアドヴァイスをしたり、自宅の図書を自由に使わせたり、出版の労をとったりしてやっている。ボーア戦争や第一次世界大戦に出征したアングロ・アイリッシュでユニオニスト、レドウィッジが入った王立イニスキリング・フュージリア連隊の大尉であった。

レドウィッジの第一詩集『野の歌』の出版をハーバート・ジェンキンズに取りつけ、序文を書いたのもダンセイニである。本が出たのは、レドウィッジがセルビアにいる時だった。五〇篇の詩が入った新刊見本を届けられて、レドウィッジの心は戦場を離れて故郷ミースの愛する自然へと飛んでいったに違いない。

エドワード・マーシュの編集する『ジョージ王朝詩歌選』にレドウィッジの詩を載せる便をはかったのもダンセイニである。マーシュ（第一部第1章で既述）は、ウィンストン・チャーチルの秘書を勤め、ロンドンの「ポエトリー・ブックショップ」の創始者の一人でもあり、ルーパート・ブルックやシーグフリード・サスーン、その他多くの文学者と交流があった。『ジョージ王朝詩歌選』の第二集（一九一三―一五）にレドウィッジの三篇の詩が入っている。そのうちの一つ「ルーの妻」は、一四世紀のウェールズの伝説『マビノギオン』に基いた短い詩である。『ジョージ王朝詩歌選』のような影響力の大きい詩選集に詩が選ばれたということは、大変な名誉であるばかりでなく、シリーズの爆発的な売れ行きに伴う収益も大きく、レドウィッジにとって喜びは大きかった。
ダンセイニ卿は、一九一五年の六月に陸軍省から、デリーの兵舎で新兵の訓練にあたるようにとの命令を受け、やむなくアイルランドへ戻ることになる。復活祭蜂起の時には、イギリス軍として鎮圧にあたり負傷している。彼自身、ファンタジー小説や戯曲や詩や多彩な作品を発表した作家であった。レドウィッジの死後、彼の三冊目の詩集『最後の歌』（一九一八）を出し、『完全詩集』（一九一九）を出版している。

『最後の歌』

一九一七年の新年にヘイグ将軍はドイツ軍への大反撃を計画していて、デリーからの軍隊は新たな要員として、ソンム地方のアラス近くへ送られた。ここはスヴラ湾やセルビアとは違う風景だが、「悪夢の世界」であることに変わりはなかった。しかし、そんな中でレドウィッジは詩集『平和の歌』の校正をし、親しくなったアイルランドの作家キャサリン・タイナンへの手紙に故郷のことを語っている。

あなたがラウス州へ来てくださったらと思います。ダンドークやドロヘダには魅力的な所があり、人々は素晴らしいのです。ラウスにいると、ここでもあそこでも声が私を呼んでいるような気がしますし、角を曲がるたびに、メーヴ女王の新しい戦士に出会おうとクフーリンが丘を闊歩しているのを見るのを期待してしまいます。ラウスやミースではただ幸せなのです。(3)

戦場にあってもレドウィッジの心を占めているのは、常に故郷の自然とアイルランド神話であって、戦う理由や戦争の恐怖を詩に書くことはない。むしろ、恐怖が募れば募るほど、自然の世界へと閉じこもっていくように思われる。

二月になってドイツ軍にソンムから撤退する様子が見られるが、二月末には新しい戦線を強化するように思われた。三月終わりにはレドウィッジの大隊は攻撃をしかけるべくさらに北方のアラスへと移動させられ、四月から五月にかけてのアラスの戦いで（四月九日エドワード・トマスがこの戦いで死亡）、レドウィッジは初めてドイツ軍による大規模な大砲攻撃を経験する。この間も、最前線を離れるとすぐ彼は詩を書き、ダンセイニやタイナンやエドワード・マーシュ（『ジョージ王朝詩歌選』の第三巻に詩の掲載をするかどうかを尋ねてきた）はじめいろいろな人に手紙を書いている。こんな状況にあっても戦争を描くのではなく、故郷に思いを馳せ、アイルランド神話の桃源郷ティル・ナー・ノーグや鳥や風景を歌い続けた。

アメリカの大学教授からの問い合わせに答えて書いた手紙に、「新しいアイルランドがダブリンの廃墟の灰の中から、不死鳥のように、一つの目的、一つの目標、一つの野望をもってたちのぼるということに希望を持っています」(4)という記述が見られる。タイナンにあてた六月一九日の手紙には、「アイルランド人が世界のどの戦場であれ手に入れた名誉は、アイルランドの名誉ではないでしょうか、そして子孫の栄光と喜びに資するのではないでしょうか？」と書いている。(5)これらの記述から、復活祭蜂起と大戦参加がアイルランドの未来につながっていくことに夢を託していたことがわかる。

七月初めにはレドウィッジの部隊は、さらに北上してフランスとベルギーの国境のイープル塹壕線突出部へ移動した。ここはすでに二度連合軍とドイツ軍との間で激戦が繰り広げられたところで、今度も七月三一日から大規模な砲撃が計画されていた（第三次イープルの戦い）。レドウィッジは予備軍であったが、ドイツ軍の流れ弾を受けて、初日に死亡した。朝から雨の中で道路を直す作業にあたり、お茶を飲もうとした途端に砲弾が飛んできて即死したという。

死ぬ何日か前、砲撃がなぎのように止んだ瞬間、彼は偶然コマドリが鳴くのを聞き、「故郷」という詩を書いている。

夜明けに突然の羽音、
夢うつつの正午にかすかな声、
霧と囁きの夕暮れ、
そして夜には、月の虹。

そしてこれらのものの間には、うす暗い森の道、
そしてうす暗い水、そして曲がりくねった
上り坂には歩みの遅い羊が見える、
夏の音と緑色の収穫の間に。

これが今朝折れた木の上で
コマドリがつくった歌だ、
それは、世界のすみずみまで私に呼びかける、
小さな野原についての歌だった。

故郷の自然と鳥を歌うことで始まった彼の詩は、戦場で聞いたコマドリのこの詩がおそらく最後となる。ここが戦場であることを示唆するのは、最初の行の「突然の羽音」'a burst of sudden wings'と、最後の節の「折れた木」'broken tree'という言葉だけである。

ダンセイニは『最後の歌』の序文に、レドウィッジは「大変美しい詩、この苦悩に満ちた時代の鎮痛剤になるような単純な田園詩を残した」と書いている。確かに彼は、生涯アイルランド的なものへの愛情を持ち続けたが、アイルランドと同じような小国セルビアの問題や、政治や戦争について言及することはなかった。「セルビア、一九一五年」という詩があるが、美しい光景を前にしていても思い浮かぶのは、「わびしい貧しい老婆」としてのアイルランドである。(6) ダンセイニの後、アリス・カーテインは、さらに四四篇の詩をつけ加えた『完全詩集』を一九七四年に出版し、七二年には詳細なレドウィッジの伝記を出版している。そこで強調されているのは、彼が自然と愛をうたう詩人であって、サスーンやオーウェンのような「戦争詩人」ではないということである。(7) 彼は戦争への抗議や申し立てをすることはなかったかもしれないが、最後の年には兵士としての自らの死を意識したかのように、詩に変化が見られる。次にその変化を見ていくことにする。

兵士の心、詩人の技

『最後の歌』の中にはこのような詩も含まれている。「ひとりごと」という詩では、詩人になる夢を追いかけていた自分が悪戯をおぼえ、今兵士仲間と酒を飲み交わしていることを語った後、後半で未来を想像する。

……
そして今私はフランスでワインを飲んでいる。
境遇をどうすることもできない私は。
明日は戦争で騒々しくなるだろう。
(死んだら) 私はどんなふうに語られるだろうか?

地に堕ちた夢を取り戻し、
未完成の名前を嘆くのには
遅すぎるが、神々に偉大なことどもを
感謝するのに遅すぎることはない。
刃の鋭い剣、兵士の心は、
詩人の技よりも偉大なのだ。
そして詩人の名声より偉大なのは

名もない小さな墓なのだ。
そこからは名声が恥いって顔をそむける。

この詩は、兵士同士の交流を描いていることでも、兵士としての自分の死後を想像していることでも、また兵士を詩人の上に置いていることでも、レドウィッジには珍しい。自らの死を意識して、一兵士としての立場から最期を予言したものであろう。

もう一つ、「兵士の墓」と題した短い詩がある。

それから真夜中の静けさの中で、優しい両腕が
彼をかかえて、死の丘へとゆっくりと降ろした、
もう彼が、戦闘の狂った警報や、今際のうめき声や
苦痛に満ちた呼吸を二度と聞くことのないようにと。

そして大地が柔らかくて花が咲きやすい所に、
彼がよく休めるようにと、私達は墓をつくったのだ。
だから、春が来て、墓をきれいに飾ってくれますように、
そして、そこにひばりが露に濡れた巣を移しますように。

この詩はレドウィッジには珍しく戦場の阿鼻叫喚を描いたところがあるが、墓が花に飾られひばりの声に慰められる場所にあることを願っているところに、いつもの彼らしい自然愛が見られる。

イギリス軍として戦い、激戦を経験しながらほとんどそれについては語ることなく、戦闘中も故郷の自然を思い出し、異国の自然にも目を向けたレドウィッジのことを、シェイマス・ヒーニーは「われわれの死んだ謎」と呼んでいる。彼が「フランシス・レドウィッジを悼んで」という詩をささげ序文を書いた、薄い『レドウィッジ選詩集』が一九九二年に出たことはレドウィッジを広める上で幸いだった。ヒーニーは序文で七二年に出版されたカーテインのレドウィッジ伝を高く評価している。

二　トマス・ケトル

リクルーターにして兵士

レドウィッジと同じ南のカトリックであるが、積極的にアイルランドが参戦すべきであると主張した知識人にトマス・ケトル(一八八〇―一九一六)がいる。ダブリン北部で、一二人兄弟の七番目として生まれ、父親は小作の問題に取り組むナショナリストの活動家であった。早くから勉学とスポーツで頭角を表わし、一八九七年ユニヴァーシティ・カレッジ・ダブリン(UCD)に進学、政治や弁論の分野で特に才能を示した。一八九九年にダブリンで上演されたW・B・イェイツの劇『キャスリーン伯爵夫人』が、カトリックの貧しい農民を野蛮人のように描いていると、UCDの学生と一緒に抗議している。[8] ボーア戦争に際しては徴募に反対するパンフレットを出している。その後病気のため勉学を休止するが、ヨーロッパにわたってドイツ語とフランス語に磨きをかけ、帰国後は法廷弁護士の資格を得るとともに政治的なジャーナリストとしても活躍する。

アイルランド議会党のジョン・レドモンドに見込まれ、アイルランド自治獲得に向けて活動を行うとともに、一九〇六年にはアイルランド議会党の議員、〇八年にはUCDの経済学の教授となる。一〇年には議員として立候補はしなかったが、議会党と自治獲得のために活動を続け、「アイルランド義勇軍」に一三年に入り、一四年には義勇軍の要請に応じて、アルスターに対抗するためにベルギーへ武器の買いつけに行っている。これは結局失敗に終わったが、『デイリー・メイル』紙の特派員としてベルギーに留まり、勃発したばかりの第一次世界大戦でドイツ軍のベルギー人に対する非道な行為を見て、イギリス軍の参戦を支持するようになる。戦後アイルランドに自治が与えられることを信じ、イギリス軍に中尉として入隊するが、以前からの「鬱病と過度の飲酒」[9] のために従軍はかなわず、アイルランドとイギリスをまわって志願兵として入隊することの道徳的意義を説いてまわった。全部で二〇〇回以上の演説をしたという。[10]

復活祭蜂起が起きた時彼はまだダブリンにいて、自分が努力してきたこと（「自由なヨーロッパで自由な統一されたアイルランドを実現するという夢」[11]）を破壊するものだと憤激したが、首謀者たちの処刑（トマス・マクドナやパトリック・ピアスは彼の友人）を聞いてイギリス軍への幻滅を味わう。しかし、リクルーターではなく兵士として戦いたいという願いは変わることなく、健康の理由で退けられていた海外勤務がようやくかない、第一六（アイルランド）師団に加わってフランスへ向けて出発したのは、一九一六年七月一四日であった。すでに始まっていたソンムの激戦に、第三六（アルスター）師団に替わって投入されたが、九月九日にはギンシーで戦死。部下を率いて突撃しようとしてすぐのことだという。復活祭蜂起については、「これらの男たちは英雄もしくは殉教者として歴史に残るだろう。そして私は――もし残るとしたら――いまいましいイギリス将校として残ることになるだろう。」と予言している。[12] ケトルの胸像は、議論の末、一九三七年になって公的な儀式もなくセント・スティーヴンズ・グリーンに設置され、「詩人、エッセイスト、愛国者」とだけ記されている。復活祭蜂起の首謀者たちと比べれば、ほとんど忘れられた存在である。しかし、大戦の見直しが始まるとともに、ケトルの研究や評価も変わりつつある。

ヨーロッパの中のアイルランド

ケトルは出征の理由を死後出版された著書に次のように記している。

アイルランドはアイルランド自身に対してだけでなく、世界に対しても義務を負っていると我々は考えた。さらに考えたのは、何が起ころうと、アイルランドは名誉と正義の道を歩まねばならないということである。もしこれらの前提条件が退けられたとしたら、これ以上言うことはない。その場合には、未来はルーヴァンの町を燃やしたドイツ人の友人達にゆだねられることになるのだから。[13]

彼の目はイギリスではなく、ヨーロッパ、そして世界に向いていて、その中でアイルランドが果たすべき義務は、帝国主義の侵略を受けているセルビアやベルギーのために戦うことだと考えたのである。これについてケトルは何の迷いも持っていない。彼には、どんな時でもアイルランドのナショナリストが発さないような言葉を書いたことも言ったことも全くない、という自負があった。[14]ヨーロッパの中のアイルランドという独立国でありたいという希望は、一九一〇年のエッセイ集でも表明している。

アイルランドというのは、小さい国ではあるけれど、それにもかかわらず、二〇世紀の持つ複雑さのすべてを含んでいるのです。……もしこの世代が第一の義務として、古いアイルランドの復興を担っているなら、第二の義務として、新しいヨーロッパの復興を担っているのです。……アイルランドへの私の唯一の忠告は、深くアイルランド的になるためには、ヨーロッパ的にならなければいけないということです。[15]

この主張にはケトル自身のヨーロッパの文学や哲学や芸術への憧憬が含まれていると思われるが、（たとえばレドウィッジのように）遠い過去のケルトに遡るのではなく、一九世紀のヨーロッパに範を取ろうとしたところが彼らしいと言える。[16]

詩人としてのケトル

ケトルは、詩人というよりは、政治家、経済学者、ジャーナリスト、法廷弁護士と多彩な顔をもつ。入隊がかなわず新兵勧誘の役にまわった時、勧誘のためにスティーヴン・グイン(プロテスタントのナショナリストで従軍した詩人、作家、ジャーナリスト)と共に、『アイルランド旅団のための戦争の歌』を一九一五年に出版し、その中に自作の詩を三篇含めている。死後一九一六年に『詩とパロディ集』という薄い詩集が出ていて、この中にその三篇も入っている。そのうちの一つ、「アイルランド軍のための歌」は、旧約聖書のカインを登場させ世界を善と悪とに分けて描いている。

プロシアの平原から風が吹き、
リエージュを荒し、ルーヴァンを破壊した。
そして、ドイツ皇帝が狂うようにと、
ベルギーはカインの足音で揺れたのだ。
「鉄は神だ!」……
それで彼らは地獄から悪魔を
ベーア〔アイルランドの町〕からアラハバード〔インドの町〕まで放ったのだ。

悪の根源がドイツにあるとみなし、ベルギーだけでなく世界に悪魔を放つドイツと戦うことの義を表明している。レドウィッジのように自然の情景や感情を詠うのではなく、歴史と聖書を基調にした抽象的な詩である。

彼自身の心情を語った数少ない詩の一つに、大陸に出征して行く時のことを詠んだ「アイルランドを出発するに際して」(一九一六年七月一四日)がある。

太陽が血を流して死に、山と海が
神秘に満ちた赤色の祭壇になった時、
私を知っている(知りすぎている)人が
私が冷笑的で破滅的なことを言わないかと思って、近づいてきた。
だが私は、大きな太陽が沈むのを背にして、
銃剣のきらめきとビューグルの呼び声を考えていただけだった。
そして、どんな女性も泣いたりしないような夢の中にとざされて
彼を大海原の上の神の目のように見ていた。
そして自分ですら眠りにおちいることがわかったのだ。

キリストの犠牲の赤い血のイメージで海の日没が語られた後、いつもの冷笑的なケトルとは違い、戦闘の訓練のことを考え、最後の行はまるで死を予期しているように思われる。
　しかし、これよりも率直に心情が語られていて、おそらく唯一の有名なケトルの詩は、死の五日前に戦場で書いた「神の贈り物、我が子ベティーへ」であろう。ケトルは三才の娘にあてて書いたソネットで、出征の理由を次のように述べている。

……

……（命を賭けたことを）崇高なことだと言う人もいるだろうし、
知ったかぶりの調子で非難する人もいるだろう。
だからここでは、狂ったように大砲が頭上でののしり、
疲れた兵士たちは泥を寝床や床にして、ため息をついているけれども、
われわれ馬鹿者たちは、今馬鹿な死者たちと一緒になって
国旗や王や皇帝のために死んだのではなく、
牧夫の小屋で生まれた夢と、
貧しい人たちの秘密の聖書のために死んだのだと知ってほしい。

死後どのように自分達が評価されるかということを想像した後で、なぜ戦ったかという理由を伝えようとしている。「われわれ馬鹿者たち」という言葉は、同胞がイギリスに処刑された後にイギリス軍として戦っていることを自嘲して言ったものであるが、蜂起を企てた人たちと同様に、自分達もアイルランド独立の夢を追い求めて戦ったことを表明するものである。最後の二行は、大戦に参加したことは、アイルランドのためというよりは、究極的にはキリスト教信仰の教える「正義」に基づいた行動であったということを娘に伝えようとしている。(17)

三　その他の詩人たち

イギリスの第一次世界大戦の戦争詩については、今も次々とアンソロジーや研究書が出版され、一大出版産業をなしているのとは異なり、アイルランドの場合は、戦争詩人が少ない上に、出版された詩集も少なく、されても絶版になっているものが多い。（研究書は、歴史・文化の分野を中心に増えてきている。）二〇〇八年にジェラード・ドーの編集で出版された『大地の声がささやいている――アイルランド戦争詩集　一九一四―一九四五年』は、最初のアイルランドの戦争詩集である。第一次世界大戦だけでなく、復活祭蜂起、対英独立戦争、内乱、スペイン独立戦争、第二次世界大戦までを含めている。

題名の「大地の声がささやいている」という言葉は、トマス・マグリーヴィー（一八九三―一九六七）という南のカトリックの詩人で、所属していたＲＦＡ（王立野戦砲隊）の戦死した親友の兵士にささげて書いた「ノクターン」という短い詩の最後の部分である。

私は不毛の場所で仕事をする、
ただ一人で、自意識過剰で、びくびくして、へまをしながら。
はるか遠くでは、星々が宇宙で旋回し、
私の足のあたりでは、大地の声がささやいている。

戦闘が終わった後の戦場を詠んでいるようでありながら、実は帰還兵士の戦後の喪失感を表わした詩であるという。足元でささやいている声は、死んだ兵士たちの魂が発しているのであろう、壮大な宇宙の営みの中に荒廃した戦場の風景と喪失感を感じさせる、イマジスト的な詩である。書かれた時期は一九二八年の終わりか二九年の初めで、西部戦線から帰還した後、一九二五年からロンドンやパリに住み、T・S・エリオットやジェイムズ・ジョイスやリチャード・オールディントン等のモダニスト詩人・作家たちと交流をしていた頃である。マグリーヴィーは、アイルランド最初のモダニストの詩人と言われている。イェイツは、『オックスフォード現代詩歌選　一八九二―一九三五年』（一九三六年出版）に、彼の詩一篇（「赤毛のヒュー・オドネル」）を選んで載せている。

大戦で死亡したレドウィッジやケトルと違い、マグリーヴィーや、パトリック・マギル（一八八九―一九六三）、モンク・ギボン（一八九六―一九八七）、リアム・オフラハティー（一八九六―一九八四）等出征して生きて帰って来た南の詩人・作家たちは、自分達が英雄として歓迎されるどころか、大戦の経験にも鍵をかけておかなければならないことをすぐに見てとった。[18] 大戦後すぐにアイルランドは、対英独立戦争、そしてその結果をめぐってアイルランド内が分裂して争う内乱へと突き進んでいったからである。前章で述べたように、そのため、大戦の経験は長い間封印されることになってしまったのである。

この選集から、生還した兵士の詩としてダンセイニ卿の詩を取り上げる。レドウィッジのパトロンであり、南のプロテスタント・ユニオニストであるダンセイニ卿は、戦死したアイルランド兵士の戦後の扱いを予想して「斃れたアイルランドの兵士たちへ」というソネットを書いている。その後半を引用しよう。

眠り続けよ、あと数年間は忘れられても、それから
　より正義なる人々によって、長い年月、
しかるべき栄誉が君たちに与えられると私は予言する。
　君たちは我々の歴史の中の最前列に立ち、
君たちの物語はわれわれの国を驚異で満たし、
君たちの名前や連隊の名前は、遠雷のように響くのだ。

この詩は、AEことジョージ・ラッセルが、大戦で死んだトマス・ケトルやウィリー・レドモンドを復活祭蜂起で処刑された人々と並べて顕彰した詩「挨拶——アイルランドを愛して死んだ知人たちの思い出のために」(一九一七)に対応する、戦死者の顕彰である。

南のカトリックで大戦から生還した詩人にパトリック・マギル(一八九〇—一九六三)がいる。ドニゴール州グレンティーズで生まれ、日雇いの肉体労働者をしていたが、大戦ではロンドン・アイリッシュ・ライフルズに所属、その後、大戦の経験に基づいた小説を次々と発表して有名になる。詩は少ないが、一九一七年に『兵士の歌』という詩集を出している。「はるか彼方の呼び声」という詩では、生まれ故郷のドニゴール州にある沼地や丘や海に呼びかけ、「ロンドンの若者たち」では、兵員用宿舎にいる若者たちの何人が突撃の後帰って来るのだろうかと考えてしまう。残骸と

化したフランスのジヴァンシーの村で、祭壇も燭台も破壊され、キリスト像が弾丸を受けた教会を見て、「一兵士の祈り」という詩を書く。最後の節ではこのように祈りをささげている。

そして、夜になって、危険と待ち合わせをして、歩哨に出かける時、
十字架の上に血塗られたキリストの姿かたちを見るのだ、
いつも慈悲深く見守ってくださる方が、汚され傷つけられているのを、
子供たちの怒りや情熱や罪を憐れんでくださっている方が。
じっと黙して、主は十字架の上に、彼の苦しみの象徴を懸けられる。
そして人々が主をその昔鞭打ったように、またしても主を鞭打つのだ―
寂しい戦争の光が燃える夜に、私は主キリストに呼びかける。
「あなたをこんな目に合わせる人々をお許しください。あゝ主よ、私たちみなを
お許しください。」

十字架のキリストが傷つけられていることに深い哀しみと憤りを感じるカトリック信者としての面がよく表れているように思われる。

次に、ドーの選詩集の中から北の兵士詩人を一人取り上げる。トマス・カーンダフ（一八八六―一九五六）は、ベルファストの造船場で働く、長老派教会の信者でオレンジ会（正確にはそこから分離した独立オレンジ会）の会員、アルスター義勇軍でも活躍した。自身をアイリッシュ、ベルファ

ストはアイリッシュ・シティであるという自覚を持っていたという。大戦では王立工兵隊の工兵を勤め、その後アルスター特別警察隊に仕えた。戦後、北では帰還兵士は歓迎されたといっても、待っていたのは失業と幻滅であることに変わりはなかった。プロテスタントでも失業の憂き目に会っていたとすれば、カトリックはなおさら苦境に立たされていたことであろう。戦後の不景気でベルファストの繁栄が依存していた技術・造船部門は痛手を受け、宗教的対立は新たに深まっていったのである。[19] 生前に出た彼の最初の詩集は『造船所からの歌』(一九二四)、次いで『失業の歌』(一九三二)であるが、現在絶版である。[20]

大戦について書いたカーンダフの詩には、「ブリテンの名誉のために死んだ」人たちの眠るガリポリの墓を、異教徒の手に汚させはしないという、十字軍を思わせる好戦的愛国主義の詩がある(「ガリポリの墓」)。また、西部戦線の戦場を回想した「一九一七年六月一七日、メシーヌ(思い出)」という詩では、望郷の思いとアルスター・プロテスタントとしての矜持(「国と神に忠誠を誓う」)が語られている。[21] 最初の節を引用する。

ほんの昨日のことのように思える。我々が
目を輝かせ剣を鞘から出して
地獄のような大砲におびえることなく、
国と神に忠誠を誓ってから。

後半の二節では、戦いの合間に思い出すのはベルファストの山々が「戦争の雲」の上にそびえていることだったと回想し、メシーヌの戦場から故郷の海と岸辺へと思いが飛んでいくことを語っている。「イープル、一九一七年九月（思い出）」という詩は、「……葉のない、砲弾に破壊された枝が、／ずたずたにされた死体の上で揺れる」壊滅的な町の様子を描き、幻滅と後悔の念とがにじみでている。

「無名兵士の墓」は、荒廃した戦場に粗末な十字架だけが立つ、一人のイギリス人無名戦士の墓を最初の三節で描いた後、最後の節で戦後の顕彰を対比させている。

場面は変わって　——町の広場に
群衆の姿、
厳粛で真剣な多くの人々が
深く熱心な祈りをささげている。
花々で飾られたセノタフ、
半旗の位置に掲げた国旗はなびく——
国の栄光への思いが
無名兵士の「墓」を飾るのだ。

最後の行の「墓」は複数で大文字になっている。このセノタフは、一九一九年の「平和デー」にベルファストの市庁舎で除幕された仮のもの[22]（現在のものは一九二九年に完成）であろうか。セノタフも国旗もイギリスへのアルスター・プロテスタントの忠誠を物語るものである。国のために死んだ兵士に捧げる人々の哀悼の念こそが死者への報いであることを訴えている。

四　アイルランドの戦争詩人たち

イギリスでは、戦前から騎士道精神や愛国心や自己犠牲が讃えられ（しかも大戦前のイギリスは「失われたアルカディア」として回想される）、大戦がいざ始まると国をあげて戦争遂行体制がとられたが、アイルランドでは事情が全く違っていた。南では、多数派のカトリックと少数派のプロテスタントに分かれ、アングロ・アイリッシュ（プロテスタント）にもアイルランドの独立に賛成する立場と反対する立場の両方があった。北でも、少数派のカトリックと多数派のプロテスタント両方がいるが（近年では両者の人口比率が拮抗している）、このプロテスタントはアングロ・アイリッシュとは呼ばれず、「アルスター・スコッツ」と呼ばれる誇り高いスコットランド出身者であり、イギリスとのユニオンを強硬に支持するユニオニストが中心である。宗主国グレイト・ブリテンへの忠誠の度合も異なり、そもそも大戦はアイルランドが一致団結してまとまりようのないものだったのである。また、長い軍隊の歴史と戦争詩の伝統を持つイギリスに匹敵するものもなかった。（アイルランドの文学自体は、ケルトの神話や民話を別にすれば、イギリスのロマン派やパストラルやジョージアン詩の影響を受けている。）

おそらく共通するのは、戦後帰還した兵士たちが一様に、戦争後遺症の肉体的・精神的苦痛に加えて、経済的な困窮に直面したということであろう。大戦後、対英独立戦争を鎮圧するために、イギリスから派遣されたブラック・アンド・タンズは、失業中の退役軍人から成る悪名高い警察隊であった。アイルランドでも生きて帰った兵士たちが味わった幻滅は大きかった。帰国後、IRAに入り、対英独立戦争では共和国側に立って戦った者もいる。(23) 何千人というアイルランド兵が戦死したのに、わずか十数人の復活祭蜂起の処刑者の死の方が、はるかに南の人々に与えたインパクトは大きく、大戦そのものが過小評価される要因となったのである。(24) 北では、帰還兵士が英雄として歓迎されたと言っても、戦前の生活に戻れたわけではない。

イギリスの戦争詩の多さと比べると、アイルランドのそれは格段に少ない。ユニオニスト・アルスターでは、ソンムの戦いが重要な記憶を占めているにもかかわらず、戦争詩は少ない。アイルランドの大戦文学（小説）を論じた研究論文の中で、ジェフリーは、大戦に即応して書いた小説が少なく（パトリック・マギルとリアム・オフラハティの従軍体験に基づく小説くらいか）、特にアルスターの労働者階級が書いた小説が極端に少ないことを指摘している。(25) また、北では今もソンムの戦いが唯一の大戦の経験であるかのようにミューラルで取り上げられているにもかかわらず、ソンムの体験は小説だけでなく詩にも表現されていない。一九二二年にシリル・フォールズ大尉が出版した歴史書『第三六（アルスター）師団の歴史』が唯一のものかもしれない。

アイルランドから第一次世界大戦に従軍した兵士の詩のいくつかを見てきたのにすぎないが、イギリスの戦争詩のように戦争への呪詛や反戦を述べたものがなく、戦争の哀しみを表現し、死後の兵士がどう扱われるかを気遣う作品が目立つように思われる。ドーは、『アイリッシュ・タイムズ』（二〇一五年五月五日）に「遅すぎた名誉――アイルランドの戦争詩人たち」という記事を発表して、オーウェンのように、大戦が兵士の肉体や精神に及ぼした影響を書くことは少なく、故郷へのノスタルジアと戦争の冷酷な現実との間で揺れていると述べている。(26) 北アイルランドでは、大戦の少し前あるいは大戦後に生まれた詩人たちが大戦について書き、新たな視点から大戦の読み直しが行われている。ルイ・マクニース（一九〇七―六八）やジョン・ヒューイット（一九〇七―六三）、シェイマス・ヒーニー（一九三九―二〇一三）、マイケル・ロングリー（一九三九―）等である。特にロングリーは第一次世界大戦で戦った父親の思い出から印象的な詩を発表している。また、ソンムの戦いについては、アイルランドの劇作家、詩人のフランク・マックギネス（一九五三―）が『見よ、アルスターの息子たちがソンムに向かって行進するのを』（一九八五）という劇で、ソンムで戦ったアルスター・ユニオニストの青年たちを愛国心やホモセクシュアリティや新しい視点から描き出して話題を呼んだ。これからさらにアイルランドと大戦について文学作品や研究が出てくることが期待される。

注

（1） Alice Curtayne, *Francis Ledwidge : A Life of the Poet* (1972; Dublin : New Island Books, 2017), p. 83.
（2） この時期は、蜂起や自身の戦闘経験を振り返るだけでなく、戦闘の合間に書いていた詩に手を入れる貴重な機会になったという。Terry Philips, *Irish Literature and the First World War—Culture, Identity and Memory* (Bern : Peter Lang, 2015), p. 24.

(3) Curtayne, p. 172.

(4) Curtayne, p. 180.

(5) Curtayne, p. 183.

(6) Philip Orr, ‘The road to Belgrade : the experience of the 10th (Irish) Division in the Balkans, 1915–17’, *Ireland and the Great War : ‘a war to unite us all?’* ed. Adrian Gregory & Senia Pasěta (Manchester UP, 2002), pp. 183–84.

(7) Curtayne, p. 164.

(8) R. F. Forster, *W. B. Yeats : A Life* (Oxford : Oxford UP, 1997), I, pp. 280–81, 298–99. Senia Pasěta, *Thomas Kettle* (Dublin : University College Dublin P., 2008), p. 24. 次のボーア戦争については、Pasěta, pp. 28–29.

(9) Pasěta, *Thomas Kettle*, p. 49.

(10) Mary S. Kettle, ‘Memoir’ in T. M. Kettle, *The Ways of War* (New York : Charles Scribner’s Sons, 1917), p. 30.

(11) Mary S. Kettle, ‘Memoir’ in *The Ways of War*, p. 32.

(12) Fran Brearton, *The Great War in Irish Poetry : W. B. Yeats to Michael Longley* (Oxford : Oxford UP, 2000) p. 20 に引用。

(13) T. M. Kettle, *The Ways of War* (New York : Charles Scribner’s Sons, 1917), pp. 73–74.

(14) Kettle, p. 74.

(15) Kettle, ‘Introduction’ to *The Day’s Burden*, pp. xi–xii, quoted in Pasěta, pp. 65–66.

(16) Pasěta, p. 66.

(17) Terry Philips, *Irish Literature and the First World War : Culture, Identity and Memory* (Bern : Peter Lang, 2015), pp. 51–52.

(18) Gerald Dawe 'Nocturnes : Thomas MacGreevy and World War One' in Susan Schreibman (ed.) *The Life and Work of Thomas MacGreevy : A Critical Reappraisal* (London : Bloomsbury, 2013), p. 4. Gerald Dawe, *Of War and War's Alarms : Reflections on Modern Irish Writing* (Cork : Cork UP, 2015), pp. 22–23.

(19) David Fitzpatrick, *The Two Irelands 1912–1939* (Oxford : Oxford UP, 1998), p. 96.

(20) カーンダフについては、現在詩集も手に入らず、伝記的事項は、Terry Philips, *Irish Literature and the First World War*, pp. 193–97 の解説に負っている。

(21) Jim Haughey, *The First World War in Irish Poetry* (London : Associated UP, 2002), p. 202 は、「国」は、アルスター、ブリテンであり、「神」はプロテスタントの神であると述べている。アイルランドの戦争詩については Fran Brearton の研究書があるが、Brearton が銃後の詩人を主に扱っているのに対し、Haughey はアイルランドの戦争詩人について論じた初めての研究書である。アルスターから出征したカーンダフ以外の詩人についても言及している。

(22) Rchards S. Grayson, *Belfast Boys : How Unionists and Nationalists Fought and Died Together in the First World War* (London : Continuum, 2009), p. 168.

(23) Sean Brophy, *Remembrances of 1913–1923 at Glasnevin Cemetery* (Dublin : Rainford Pr. & Glasnevin Trust), 2016.

(24) Fran Brearton, p. 18.

(25) Keith Jeffrey, 'Irish Prose Writers of the First World War' *in* Kathleen Devine, *Modern Irish Writers and*

the Wars (Gerrards Cross : Colin Smythe, 1999), p. 2, p. 17.

(26) Gerald Dawe, 'Delayed Honour : the Irish war poets' in *Irish Times*, May 5, 2015. https://www.irishtimes.com/culture/heritage/delayed-honour-the-irish-war-poets-1.2190863

注に記した以外の参考文献

Liam O'Meara, *Francis Ledwidge : The Complete Poems* (Newbridge : Goldsmith, 1997)

T. M. Kettle, *Poems and Parodies* (Dublin : Talbot, 1916)

Patrick Macgill, *Soldier Songs* (London : Herbert Jenkins, 1917)

第三部
祖国のために死んだ人たちを弔う

戦争文化

「戦争文化」という言葉がある。「戦争文学」という言葉も比較的新しいが、[1]「戦争文化」が学術的な用語として使われるようになったのは一九八〇〜九〇年代で、フランスの大戦研究の長い歴史の中で育ってきた。政治外交史や軍事史研究によって戦争の起源や原因を明らかにし、時には、自国の戦争を正当化しようとする初期の研究から、命令を下される側、「下から」の視点に軸足を置いた中期の研究を経て、戦った兵士や一般国民の心性（メンタリティ）を明らかにしようとする研究へと視点が移ってきたのである。[2]この新しい研究は、戦時下の兵士や国民の心性を拾い出していった結果浮かび上がってくる共通の文化を「戦争文化」として取り上げようとする。なぜ足かけ五年にもわたる長い戦争を人々は耐え抜くことができたのかという点に問題を設定し、兵士も国民も一丸となって戦争をやり抜いて行こうとした中に一種の文化を浮かび上がらせようとするものである。

「戦争文化」研究を代表しているのが、一九九二年にソンム県ペロンヌに開設された、「第一次世界大戦歴史博物館」である。この博物館がユニークなのは、英独仏三カ国を平等に比較しながら、たとえば、兵士にとって身近な物（祈祷書、裁縫道具、薬莢でつくられた十字架）、新しい兵器（戦車、飛行機、毒ガス）や医療技術の進歩（外科手術道具、義眼・義足）を並べて展示している点である。銃後の女性たち、子供たち、プロパガンダ、戦後の戦場への旅を示す展示もある。[3]このように今までにはなかった視点から戦争の文化史を浮かび上がらせることを目的としている。ペロンヌ派と呼ばれる歴史家たちがこの研究を推し進めているが、最初に「戦争文化」という用語を用いたのは、ステファン・オドワン＝ルゾーだと言われている。たとえば彼は、一九八七年出版の『一四―一八 トレンチの兵士たち』という本の中で、兵士たちが戦闘の合間に出した新聞（トレンチ・ジャーナル）を分析して、戦争を遂行した兵士たちの間に「戦争文化」と呼ぶべきものが存在したことを指摘している。彼にはまた、兵士が余暇に砲弾のケースや薬莢や馬蹄等でつくったトレンチ・アートの研究もある。アネット・ベッケールの『死者に捧げる記念碑――大戦の記憶』（一九九一年）は、大戦を記念して建てられたフランス各地の記念碑の研究である。これらはすべて「戦争文化」についての研究という範疇におさめられるであろう。

英米圏でこれに対応するのは、マテリアル・カルチャー（物質文化）と呼ばれる研究ではないだろうか？ 第一次世界大戦という工業化された戦争の残した膨大な物質文化――トレンチ・アート、絵葉書、博物館の収集物、義足、戦場の絵、記念碑等――から大戦の意味を問い直そうとする試みである。特徴は、人類学、考古学、文化史、美術史、芸術史といった学問分野の垣根を越えた学際的な研究であることである。「ダーク・ツーリズム」と呼ばれる、戦争跡地、災害被災地、廃墟のような、死や荒廃や哀しみと結びつく場所を訪ねるツアーが日本でも流行ってきているが、「ダーク・ツーリズム」研究もマテリアル・カルチャーの研究に入るだろう。「ダーク・ツーリズム」は記憶を商品化していることから、「記憶産業（メモリアル・インダストリー）」のひとつとして位置づけることもできる。

また、マーティン・ファン・クレフェルトというイスラエルの軍事史家が、フランスの心性史には全く言及することなく、二〇〇八年『戦争文化論』（日本語訳二〇一〇年）という挑発的な本を出している。彼のいう「戦争文化」には、たとえば、軍服やその装飾品、甲冑・武器・兵器、士官学校の教育、戦闘の楽しみ、そして、戦後につくられる記念碑や、文学、映画、博物館など広範な文化が含まれる。この考え方によれば、戦争文学は戦争文化の一部ということになってしまう。彼は戦争自体が強烈な魅力を発散していることを否定しない。迷彩服が好まれたり、戦争オタクが戦車や軍艦のプラモデルを集めたり、『中世の甲冑』といった本が売れたりするのは、市民レベルで戦争文化が共有されているからであるという。戦闘の魅力を語る、J・グレン・グレイの『戦士たち――戦闘における男たちについての考察』（一九五九年）という本の系譜に連なる研究ではないかと思う。クレフェルトは英文学については誤解している点もあり、そもそも戦争を是認し、礼賛する彼の立場自体が物議をかもすであろう[4]。

注

（1） OEDによれば、最も早い例に1809年の'a war book'があるが、二〇世紀に入ってから、'war poems', 'war novels', 'war film', 'war plays'等の言葉が使われるようになっている。「戦争文学」自体は当然古代からある。

（2） 平野千果子「フランスにおける第一次世界大戦研究の現在」、『思想』二〇一二年九月、七―二七頁。海老坂武『戦争文化と愛国心　非戦を考える』（みすず書房、二〇一八年）、五八―六二頁。

（3） Stéphane Audoin-Rouzeau, Annette Becker, *La Grande Guerre 1914-1918* (Paris : Gallimard, 2013), pp. 150-51.

（4） 海老坂武もこの視点から批判している。五五―五七頁。

第1章　死者の顕彰

――戦争墓地と戦争記念碑をつくる

一　埋葬の民主化

戦後の死者の顕彰も「戦争文化」の一つと言える。とりわけ、第一次世界大戦は、前例のない多数の戦死者を出したので（「第一次世界大戦の全世界の死者は、一七九〇年から一九一四年までの死者の二倍で、約一三〇〇万人[1]」）、いかに顕彰するかということが早くから問題となった。イギリスでは、赤十字の救護員として開戦後すぐにフランスに渡って行方不明者の捜索にあたっていたフェイビアン・ウェアが、個人で戦死者の名前と墓の位置を記録する作業に取りかかる。これは、英国赤十字の活動の一貫となり、次いで、英国陸軍省の管轄に編入され、一九一七年五月には、「帝国戦争墓地委員会」となって、皇太子（後のジョージ六世）が初代総裁、ウェアは副総裁に就任する。一九六〇年に「英連邦戦争墓地委員会」と改称されて、現在に至っている。

また、イギリスは遺体のすべてを本国に送還することを禁止した。これは議論を呼んだが、実際に多数の死者を運ぶことが困難である上に、祖国のために戦った兵士たちへの平等な扱いをするために必要であると認められたのである。戦死体の平等な扱いは、集団墓地に置かれる墓石にも反映

図版1　均一の墓石（無名兵士の墓）

されている。墓石は同じ大きさの長方形に統一され、墓石には、戦死者の氏名（わからない場合は「無名兵士の墓」）、所属連隊の名前と記章、および遺族の希望による短い碑文が個々に刻まれる。遺骸がない場合には、戦死者の名前が墓地近くに築かれた記念碑に刻まれ、遺骸が見つかった場合にはその名前は消されて、新しい墓がつくられる（この作業は今も続いている）。軍隊あるいは社会においての階級、人種、信条による差別はいっさいない。兵士は死んではじめて平等を獲得するのである（図版1）。

墓地全体のデザインも画一化されたもので、田園の自然とキリスト教のシンボルとが取り入れられている。花が咲きほこる英国式庭園墓地《ガーデンセメトリ》に均一の墓石が並び、レジナルド・ブロムフィールドがデザインした「犠牲の十字架」と、エドウィン・ラチェンズがデザインした「追憶の石」（キップリングの言葉「彼らの名前は永遠に生きている」が刻まれている）が置かれている。第一次世界大戦以後の戦争の死者についても、戦没地埋葬と墓地の形式は踏襲され、横浜市保土ヶ谷にある英連邦戦死者墓地も同様である。

このような民主的な戦死体の葬送と、国家による墓地の登録・管理はイギリスでは初めての試みであり、新しい追悼の時代の幕開けであった。一九世紀のナポレオン戦争、クリミア戦争、ボーア戦争では、戦況がイギリス本国によく伝わるようになっていて、戦死体保護の必要性は認められていたが、戦死体を登録して埋葬するという手続きを踏んで、国家が顕彰するようになったのは、第一次世界大戦からである。近代的な国家で最初にこのような民主的な戦死体の葬送を行ったのはアメリカであった。南北戦争（一八六一―六五）の時、戦死体は埋葬され、名前がわかれば墓石に刻まれた。一八六三年のリンカーンの演説で名高いゲティスバーグの国有墓地は、個々の兵士の名前を刻んだ墓の最初の例である。それまでは墓ではなく、戦争記念碑が犠牲を記録し顕彰するものであって、名前を残され像を建立されたのは将校や将軍だけであった。ナポレオンが築いたパリの凱旋門に刻まれているのは、将軍の名前だけである。しかし、第一次世界大戦後、門の下に無名戦士の墓が置かれることによってこの伝統が変わった。

しかし、「祖国のために死んだ」兵士に限らず、屍体を葬送することは、古代から、現世の人間に課された神聖な義務と見なされていた。ペリクレースのアテーナイ戦没者国葬の際の演説（トゥキュディデース『戦史』）や、アンティゴネーが、法にさからって反逆者の兄を埋葬したこと（ソフォクレスの劇『アンティゴネー』）[2]によく示されている。「はじめに」で言及したカントロヴィッチは、古代ギリシャ・ローマで盛んに行われた、「祖国」のために死んだ人々の顕彰は、キリスト教の時代になると「天上の祖国」、中世においては「封建君主」のために死んだ者の顕彰に変わったことを論じていた。従って、近代的な国家（ネイション）になってから、民主的な戦死者の追悼を始めた最初がアメリカであったと言えよう。

イギリス以外の交戦国はどうだったろうか。一九一九年六月二八日に連合国とドイツとの間で結ばれたヴェルサイユ条約では、それぞれの領土に埋葬されている兵士の墓を尊重し、維持し、墓にふさわしい記念碑を建てることを定めた条項が含まれていた。ドイツでは、この条約に従って「ドイツ戦没者墓地維持国民同盟」という民間団体が結成され、今も活動を続けている。ベルギーと北フランスに集中するドイツの軍用墓地は、芝生の上に墓標が立てられ、兵士同士の絆を表わすゴシック・クロスと呼ばれる太い十字架がその間に置かれている。花を植えて悲劇を覆い隠すことは禁じられ、うっそうとした木々に囲まれているため暗い雰囲気がただよい、イギリスとは対照的である。フランスでは、条約に先立って応急的な墓がつくられていたが、一九一五年には政府が既存の墓を拡張して軍用墓地をつくることに決めた。しかし、遺体を故郷の墓に持ち帰りたいという家族の希望もあり、混乱が続き、結局は家族の墓に埋められる場合と、(十字架が並び国旗が掲げられた)軍用墓地に葬られる場合とに分かれてしまった。アメリカは、母親に息子を返すことを約束していたので遺体を送還したかったが、イギリスが費用と平等の観点から反対し、識別された遺体だけが本国に戻り、識別されていない遺体はフランスやベルギーのアメリカ軍用墓地に葬られ、行方不明者は銘板に名前が刻まれている。(3) 戦争墓地は、東欧、中東、アフリカにまで及ぶが、何と言っても多いのは、フランスとベルギーである。墓地にあてられた土地は永久に当該国に貸与されている。

二　名前のない兵士と遺体のない兵士

象徴的に無名兵士を戦場から帰還させて本国で祀るという案が、一九一九年頃にイギリスとフランスの両方で浮上してきたのは、故郷に戻れなかった兵士が多いという事情による。主だった戦場でイギリス、フランスそれぞれ独自の方法で一人ずつ戦死者が選ばれ、イギリス兵士の遺体はフランスの駆逐艦「ヴェルダン」に運ばれて海を渡り、ウェストミンスター寺院に埋葬され、フランス兵士の遺体は凱旋門の下に埋められた。一九二〇年の休戦記念日のことである。兵士の匿名性が、帰還することのかなわなかった兵士すべてを代表している。戦死者崇拝と象徴的な墓は、「無名兵士の墓」としてすぐに世界各国に広まっていく（日本にもこれに相当するものがいくつかある）。この日、イギリスでは、一九一九年七月一九日の平和デーのために、官庁街ホワイトホールに建てられていた木製の「セノタフ」（「空の墓」の意）が、ポートランド産の石灰岩で永続的な記念碑として公開された。ロンドンに戻ってきた遺体は、ここをまず訪れてからウェストミンスターに向かったのである。つまり、イギリスには、二つの象徴的な墓があり、宗教的色彩の強いものとないものとに分かれ、それぞれに記されている碑文も対照的である。「無名兵士の墓」には「国の傑出した人物の間に眠るべくフランスから連れて帰られ、一九二〇年一一月一一日の休戦記念日にここに葬られ……」で始まる饒舌な文章が記されているのに対して（フランスの無名兵士の墓の碑文は、「祖国のために戦死した一フランス兵ここに眠る。一九一四―一九一八」だけ）、「セノタフ」には「栄誉ある死者たち」という短いキップリングの言葉が刻まれている。歴代の王や政治家、学者、詩人等著名人が大勢眠るウェストミンスター寺院に葬られた無名兵士は、パリの無名兵士ほど象徴的な意味を獲得したとは言い難い。宗教的色彩も愛国心の掲揚も排した、簡素で抽象的な「セノタフ」の方が人々の心をつかんだように思われる。

このように各国で、将校や将軍ではなく、兵卒の墓が築かれるようになったのは、戦死者崇拝における民主化の過程を示すものであるが、そもそも志願ないしは徴兵により集められた軍隊には本来あるべきやり方であった。(4) 帰還した無名兵士以外の、遺骸はあっても名前のわからない兵士は、名前の判明した兵士同様に軍用墓地に葬られ、「神のみぞその名を知る兵士ここに眠る」という碑文が刻まれた墓石の下で眠っている。

では、名前はわかっても遺体がない兵士はどうなるかというと、墓地内もしくは近くに建てられた記念碑に名前が刻まれることになる。イープル近くの「タイン・コット」は英連邦最大の軍用墓地で、三度にわたるイープルの戦いで死亡した約一万二〇〇〇人の兵士を埋葬しているが、そのうち八千基以上が無名兵士のものである。三万五〇〇〇人の行方不明者の名前が丸屋根のついたロンダとそこから続く半円の壁面に刻まれている。この墓地はハーバート・ベイカーという建築家の設計により、一九二〇年にオープンした(図版2)。また、ソンム地方シープヴァルには墓地に隣接して、高さ四五メートルに及ぶ壮大なアーチ型の記念碑が周囲を威圧するように建っている。この記念碑は、エドウィン・ラチェンズの設計によるもので、ソンムの戦いで行方不明となったイギリスと南アフリカの兵士、実に七万二〇〇〇人の名前が刻まれた最大のものである。四年の歳月をかけて一九三二年に完成した（図版3）。

このようにかつての戦場には、今、無数の軍用墓地と行方不明者の名前を刻んだ記念碑が隣接して造られている。次の章で取り上げる「戦場ツアー」とは、このような墓地や記念碑を訪ねてまわることが中心となる。

図版2　タイン・コット英軍用墓地

図版3　シープヴァル記念碑

三　祖国に眠る戦死者たち

　ところで、無名兵士以外故国へ帰っていないはずのイギリスとアイルランドに、「英連邦戦争墓地委員会」が管理する、二つの大戦の犠牲者が埋葬されている墓地がいくつかある。埋葬されているのは、両大戦時、病気や怪我、訓練中もしくは移動中の事故、空襲のために国内で亡くなった兵士、あるいは飛行機の戦闘や海戦で本国の近くで命を落とした兵士も含まれている。これら故国で死亡した兵士については、厳密な規則がなかったため、戦争墓地に葬られる場合と、家族の希望する場所に葬られる場合とがあった。イギリスにあるのは、「ブルックウッド軍用墓地」、「ケンブリッジ市墓地」、「ハロゲイト（ストーンフォール）墓地」、「ライネス王立海軍墓地」等で、おおむねこれらの墓地は海外にある戦争墓地の形式を踏襲している。これらの墓地は地方自治体や教会やあるいは個人が所有し運営している場合がほとんどで、英連邦戦争墓地委員会がメインテナンスだけを引き受けている。イギリスとアイルランドを合わせて三〇万人以上の両大戦の犠牲者が一万三〇〇〇か所を超える墓地に眠っている。アイルランド島では、両大戦の犠牲者約五五〇〇人が一〇〇〇以上の墓地に散らばって埋葬されているという（この事実はあまり知られていない）。アイルランド共和国、北アイルランドそれぞれ各種省庁と連携して、今も英連邦戦争墓地委員会が管理・維持を行っている。(5)

　祖国においても、遺骸がないので埋葬ができない行方不明者の名前は記念碑に刻まれる。イギリスには、海で命を落とした海軍の兵士のために、ポーツマス、チャタム、タワーヒルその他に海軍の記念碑が建てられ、第二次世界大戦の空軍の死者のための記念碑がラニミードにある。また、事情により個人墓をつくれない場合には、墓地の周りにスクリーンのように壁（メモリアル・ウォール）が築かれ、そこに兵士の名前が刻まれている。このように、海外だけでなく、国内で死んだ兵士のためにも英連邦戦争墓地委員会の活動は続いているのである。

図版４　シャンキル墓地
（ヴィクトリア女王の像が奥に小さく見える）

筆者が最初に、第一次世界大戦の死者がイギリス本国に埋められていることに気がついたのは、ベルファストの「シャンキル墓地」（図版４）を尋ねた時であった。この墓地は、今では埋葬に使われていないが、千年以上の埋葬の歴史を持つ、ベルファストで最も古い墓地である。正面の門を入るとヴィクトリア女王の彫像が周囲を威圧するように立っている。一七世紀末の古い墓の中にはオレンジ会の有力メンバーのものや、一九世紀半ばのチフス流行の犠牲者のものがあり、ベルファストの歴史の一端を垣間見ることができる。古い墓が多い中に、第一次世界大戦の兵士の墓がいくつかあるのを不思議に思い、英連邦戦争墓地委員会にメールで問い合わせてみた。すると、五基は第一次世界大戦の兵士、二基は第二次世界大戦の兵士であるとの返信があり、名前や軍隊での所属や死亡年月日までがリストアップされていた。[6] このように、今も英連邦戦争墓地委員会は、一つ一つの墓にレフェランス番号をつけて、死者の詳細がすぐにわかるようにし、誰の問い合わせにも丁寧に対応している。この元を築いたのが、フェイビアン・ウェアーなのである。

ベルファストにはもう一つ大戦の死者を顕彰する墓地がある。フォールズ・ロードにある「ベルファスト市墓地」には、大戦の死者が眠る墓が約六〇〇基と、行方不明者の名前を刻んだメモリアル・ウォールとがある。「犠牲の十字架」も設置されていて、英連邦戦争墓地委員会との関係を示している。ここは、一八六九年に市が設立した最初の宗派を超えた墓地であったが、リネン産業や造船業で財をなした富裕層の墓が多く、プロテスタントとカトリックとユダヤ教とが区別され、破壊行為が絶えない場でもあった。

ダブリンで最も多く二つの大戦の死者が眠っているのは、「グランジュゴーモン軍用墓地」(図版5)である。第一次世界大戦の死者六一三名の墓(うち二基は身元不明)、第二次世界大戦の死者一一二名の墓(うち一基は身元不明)があり、メモリアル・ウォールには、墓が維持されていないかわからない戦死者(現在四〇名?)の名前が刻まれている。次いで、ダブリンの「グラスネヴィン墓地」には、ダニエル・オコンネル、チャールズ・スチュワート・パーネル、マイケル・コリンズらアイルランド建国のために戦った著名な人々の立派な墓や記念碑があるが、一角に二〇〇名以上の両大戦の戦死者が眠っている。

これら二つの墓地はいろいろな点で対照的である。まず、「グランジュゴーモン軍用墓地」の知名度は驚くほど低い。ダブリン西部フィーニックス公園の近くにあって、アイランドブリッジの「アイルランド国立戦争記念庭園」はリフィー川をはさんで一キロ南にあたる。この墓地が始まったのは一八七六年で、向いにある「マールボロ兵舎」（現在は「マッキー兵舎」）の兵士や家族のために作られたものであった。筆者はフィーニックス公園から歩いて行こうとして、途中で何度も道を尋ねたが、その墓地の名前を知っている人に出会うまで何人に聞いたかわからない。二〇一七年のことである。毎週木曜日にガイドつきツアーをやっているので、これに参加したが、参加者は数名であった。

図版５　グランジュゴーモン軍用墓地

この軍用墓地にある最も古い墓としては、テニソンが軽騎兵旅団の詩で讃えた、クリミア戦争で忠実に命令に従って無謀な突撃をし、生還した者が一人葬られている。第一次世界大戦では、イギリスやアイルランドで怪我や病気のために死亡した兵士や、大戦末期にドイツ軍に撃沈された郵便船レンスター号に乗っていた兵士の墓が並んでいる。当時の大英帝国の規模を反映して、カナダ、ニュージーランド、オーストラリアの兵士の墓も多い。さらに、復活祭蜂起で反乱軍の鎮圧にあたって死んだ、あるいは致命傷を負った大英帝国軍隊所属の兵士もここに埋められている。この中には王立ダブリン・フュージリア連隊や王立アイリッシュ・ライフル連隊に属するアイルランド人が多数含まれている。次いで一九一九年一月から一九二一年七月の対英独立戦争では、一二〇人以上の英国軍の兵士が、IRAの仕掛けるゲリラ戦で犠牲になったり、インフルエンザの大流行で倒れたりしたが、彼らの墓もここにある。(7)

この軍用墓地があまり知られていないのは、復活祭蜂起以後、大戦に出征した兵士に寄せる同情が人々の間で低下してきたことが大きく関係している。英雄として出発した者が裏切り者として帰国したようなものだからである。「アイルランド国立戦争記念庭園」が今も決してポピュラーな場所とは言えないのも同じ事情からである。しかもここには、イギリス側に立って、蜂起の鎮圧にあたったり、アイルランド兵士と戦ったりした兵士が含まれているのであるからなおさらであろう。

二〇〇三年から、墓地は「公共事業省」の管轄に移され、アイルランドの文化遺産の一つとして尊重していこうと努力がなされている。英連邦戦争墓地委員会とも提携して、維持管理が行われているところである。休戦条約締結から一〇〇年にあたる二〇一八年には、記念行事が「アイルランド国立戦争記念庭園」と「グランジュゴーモン軍用墓地」で、英国在郷軍人会同盟によって行われた。

「グラスネヴィン墓地」(図版6)は、プロテスタントから差別を受けていたカトリック教徒のために、ダニエル・オコンネルの努力により、一八二三年ダブリン北部につくられた広大な墓地である。カトリック、プロテスタントほか宗派を問わず受け入れている。ここはダブリンの人気観光スポットでもあって、一日に何回かガイドつきツアーが行われ、説明を聞きながらアイルランドの著名な人物の墓所や記念碑を回り、俳優がパトリック・ピアスの有名な葬送演説をするのを聞くこともできる。アイルランドの二〇〇年の歴史がこの中に凝縮されているのだが、両大戦もその一部である。この墓地で両大戦で死んだ兵士の墓の整備が始まったのは、二〇〇八年に、グラスネヴィン・トラストと英連邦戦争墓地委員会が一緒に活動を開始してからである。身元の判明した兵士二〇〇名余りの墓を、英連邦戦争墓地委員会仕様の墓石に変え、さらに詳しく兵士の来歴をたどり、記録するという作業が始まった。二〇一一年には、別の場所にあった二つのメモリアル・ウォール（行方不明者二〇〇名余りの名前が刻まれている）を、兵士の墓の近くに移し、二〇一四年には、アイルランド原産の青い石灰岩でできた「犠牲の十字架」がここに建てられた。

図版6　グラスネヴィン墓地　デ・ヴァレラの墓

このように、大戦とアイルランドとの関係の評価が変わりつつあるのが現状である。そして、アイルランドと北アイルランドも、共に戦った経験を共有していこうとしているように思える。（たとえば、ベルファスト郊外に一九九四年にできた「ソンム・ミュージアム」では、第三六アルスター師団だけでなく、第一〇アイリッシュ師団と第一六アイリッシュ師団も含めた展示を行っている。）

四 「パブリック・モニュメント」をつくる

戦後すぐに、あるいは戦中からも行われたのは、「モニュメント」をつくることによって、形のあるものとして、戦争を記憶し死者を顕彰することだった。戦死した人々が無駄に犠牲になったのではなく、祖国のために喜んで死んだのだという、昔ながらの「大げさな言葉」を具象化することが必要とされたのである。オーウェンやサスーンの戦争への呪詛から、ルーパート・ブルックの「勇気」「犠牲」「愛国心」に戻っていったと言える。

ところで、英語の「モニュメント」も「メモリアル」も「記念碑」と訳されるが、「メモリアル」の方は、墓地そのものや、墓地あるいは祖国に設置された大小の「モニュメント」や、個人的な思い出の品、公園や図書館やホールや博物館や、戦場に保存されたトレンチまでも包括する。モノだけではなく、儀式や行事についても「メモリアル」という語は使われる。「モニュメント」の方は、英語では普通、人や行動や出来事を顕彰するための建造物を指して使われる。「戦争記念碑」は英語では、'war memorial'、フランス語では'monuments aux morts'(死者に捧げる記念碑)という。ここでは、戦場あるいは国内の、パブリックな場に置かれた建造物を「パブリック・モニュメント」と呼んで、英仏独の例を見ていくことにする。

英雄像の終焉

セルギウス・ミハルスキは、著書『パブリック・モニュメント――政治的に束縛された芸術一八七〇年―一九九七年』[8](一九九八)を、ジョルジュ・デ・キリコの絵『ある一日の謎』(図版7)を論じることから始めている。一九一四年初めに完成されたこの作品には、中央に典型的な一九世紀の「偉人の彫像」が描かれている。世紀末の外套を着て、左手を低い円柱の上に置き、右手を観客席に向けて今にもスピーチをするように差し出している。ところが観客席は空っぽのようであるし、日は暮れて像に影が落ちかけている。彫像が望む無限性とは裏腹に、まわりの光景が指し示しているのは、彫像がこの場所にそぐわないこと、つまり、彫像の時代の終焉がきたことである。このようにミハルスキはデ・キリコの絵を解釈して、一九世紀の偉人像の時代が第一次世界大戦を境に終わりを告げることからこの本を説き起こしている。

図版7　キリコ『ある一日の謎』

パブリック・モニュメントは古代から、戦勝記念や英雄崇拝のために造られていたが、一九世紀はその全盛時代である。[9] フランスでは、第三共和政が始まった一八七〇年代に、それまでのアレゴリカルな像に変わり、人格化され肖似性を持ち、芸術性・社会性・政治性を帯びたパブリック・モニュメントが造られて、市内の随所に置かれるようになった。軽蔑的に「彫像狂い《スタチュオマニ》」と呼ばれるくらい彫刻が町に氾濫したのであるが、世紀が終わりに近づくと、高い台座の上に載った周囲を見下ろす像は、低く広い台座を持ち、一方向ではなく、すべての側から、通行人の目の高さで見られることを意識した彫像へと変わり始める。

ドイツでは、一九世紀の初めから、フランスとは全く違った、壮大で垂直的で男性的な建造物をつくることに建築家は情熱を傾けた。ゲルマン民族の英雄アルミニウスを讃える記念碑や、ドイツ帝国の発足を記念して造られた、高さ三八メートルに及ぶニーダーバルト記念碑、ウィルヘルム一世に捧げられ、八一メートの高さのルキフホイザー記念碑は、その例である。一八九〇年代からは多数のビスマルク像が建立された。ドイツ人はこれを「記念碑文化《デンクマル・クルツアー》」と呼ぶ。フランスがにぎやかな市内に像を置くのに対して、ドイツは山中に大きなモニュメントを造ることを好んだ。

イギリスでも一九世紀後半に、偉人のコメモレーションが活発になる。イギリス人は伝統的に偉人の肖像画や伝記を好む国民で、一八五六年に国立肖像画美術館がロンドンにオープンし、一八八五年に『英国人名辞典』の第一巻が刊行されたことと軌を一にしている。対仏戦争に勝利した国民的英雄、ネルソンやウェリントンを讃えるモニュメントが造られ、市内に置かれた。国民にナショナリズムと共同体帰属意識を発揚させることを目的として、都市改良事業と景観開発の一貫として、公的募金、公的討議によって造られた。今もトラファルガー広場でフランスを睥睨するように、高い台座と円柱の上にそびえるホレーショ・ネルソン提督の像はその例である（一八四三年除幕）。ダブリンの目抜き通りにも一八〇八年ネルソン記念柱が建てられていたが、一九六六年にIRAによって破壊されている。ワーテルローの戦いで勝利した軍人で政治家、アイルランド出身のウェリントン公爵の騎馬像は、ロンドンの旧王立取引所前に一八四四年に建立された。ダブリンのフィーニックス・パークには、そのオベリスクが一八六一年に完成し、今もそびえている。

こうした、パブリックな場に置かれた、戦勝を記念し英雄を讃えるモニュメントが大きく変化するのが第一次世界大戦からである。

戦死者崇拝——イギリス

イギリスに行くとどの町でもよく目にするのは、兵士の像である。これらのほとんどは第一次世界大戦と関係する。たとえば、ケンブリッジの鉄道駅から市内に入る入口の交差点（筆者が見た時にはここにあったが、現在は少し離れた場所に移されているらしい）には、「帰郷」と名づけられた兵士のブロンズ像がある。左肩にライフル銃をかけ、後を振り返りながら意気揚々と大股に歩く像が、彫刻をほどこした華麗な台座の上に載っている。これは自治体が資金を集めて、カナダ人の彫刻家に造らせたもので、一九二二年に除幕式が行われた（図版８）。

図版８　「帰郷」ケンブリッジ

ロンドンのハイド・パーク・コーナーでは、大きな榴弾砲が台座の上に載り、四人の砲兵隊の兵士を台座の四面に配した記念碑が人目をひく。これは、王立砲兵隊が資金を募って、チャールズ・ジャガーに依頼して造らせたものである。ジャガー自身も大戦に出征し、ガリポリや西部戦線で戦って負傷し、戦功武勲賞を受けている。この記念碑が物議をかもしたのは、三人の兵士が立像であるのに、一人は死んで横たわり、全身を外套で覆われて、運び出されるのを待っているような状態で造られていたからである。パブリック・モニュメントに死んだ兵士を刻んだ像が他にないわけではなかったが、それらは、撃たれた瞬間の兵士をとらえたものや、天使に天国に招き入れられている姿を象ったもので、まだしも英雄性を保持していた。(10) ジャガーは、戦争をありのままに表現することが必要であると主張して、依頼した砲兵隊もこれを受け入れ、一九二五年に公開された。

これら二つの例から言えることは、伝統的な英雄像に代わって兵士像が登場した(その先駆けはアメリカであったが)ということだけでなく、同じ兵士像でも勇気や献身を讃えたもの、戦争の悲惨さや恐怖を表わしたもの、さまざまな像がつくられたということである。出征する兵士や戦闘態勢をとった兵士、また銃を下に向け仲間の死を悼む像もある。兵士像以外にイギリス国内で見られるモニュメントとしては、平和を表わす女神像、死んだ兵士を抱く女性像、別れを嘆く母親と妻の像、未来への希望を表わす子供の像がある。これらの像は、写実的、もしくは伝統的な象徴やアレゴリーに基いた表現をとっているものが多く、抽象化して、モダニスト的な表現をとっているものは少ない。ラチェンズの「セノタフ」や「追憶の石」、ブロムフィールドの「犠牲の十字架」の抽象性とは対照的である。(11)

大戦のモニュメントがイギリスの至る所で見られるのは、ほとんどの町で死者を出したためである。上の例に挙げたように、町や組織が寄付金を募って、彫刻家に依頼しなければならなかったので、資金が調達できない場合には、見本のカタログから選ぶ大量生産の安価な品に頼らざるをえなかった。大量生産は英独仏共通してかかえていた問題であるが、商業的モニュメント産業があるおかげで、多くのモニュメントの建設が可能になったのである。モッセはこれを、聖と俗との対立、戦死者崇拝とモダニティの対立であると指摘している(12)。

イギリス軍の場合は、軍用墓地が大陸にあるため、戦場にも多くのモニュメントが建てられた。英連邦戦争墓地委員会仕様の墓地に置かれる「犠牲の十字架」「追憶の石」、行方不明者の名前を刻んだモニュメント以外にも、さまざまなモニュメントがある。シープヴァルにある「アルスター・タワー」は、第三六アルスター師団の功績を讃えて早々と一九二一年に建設されたモニュメントである。すぐ近くには、ソンムの行方不明者の名を記した、ラチェンズ作の巨大な「シープヴァル記念碑」がある(既述)。ベルギーのメシーヌには、一九九八年一一月一一日に、共に戦った第三六アルスター師団と第一六アイルランド師団両方を顕彰する「修正主義的」な、「アイルランド島ピース・タワー」が、伝統的なアイルランドのラウンド・タワーの形で造られた。

新しいモニュメントは他にもつくられている。北フランスのフロメルでは、一九一六年七月にドイツ軍とオーストラリア、イギリス軍との間で大きな戦闘があり、特にオーストラリア軍は壊滅的な損害を受けた。戦後すぐに名前がわからないまま遺体は埋葬され、メモリアルには行方不明者の名前が記された。が、ドイツ軍がオーストラリア兵とイギリス兵四〇〇人を埋葬していた場所が今世紀初めに発見され、遺体を掘り起こして一人一人身元を確かめる骨の折れる作業が行われ、その結果二五〇人の身元が判明した。二〇〇八年に新しくフロメル（フェザント・ウッド）軍用墓地がオープンしたのだった。

これに伴って、近くのV・C・コーナー・オーストラリア墓地（身元不明の遺体ばかりが埋められていて、墓石はなく、犠牲の十字架と行方不明者の名前を刻んだメモリアルが立っているだけである）に埋葬されていたオーストラリア兵士の身元がDNA鑑定によって判明し、新しいフロメルの墓地に埋葬し直されることになった。V・C・コーナー墓地から二〇〇メートルほど離れた所に、一九九八年（休戦から八〇年後）、オーストラリア・メモリアル・パークが完成し、ここには味方の負傷兵を運ぶオーストラリア兵を刻んだ印象的な彫刻が立っている。この像は、「仲間《コバー》」（オーストラリアで使われる口語）と

図版9　「仲間《コバー》」像

題され、仲間の負傷兵を次々と助けて運び出したオーストラリアの軍曹をモデルにしているという（図版9）。このように、戦後一〇〇年経ってもまだ、墓の同定やモニュメント・メイキングは続いているのである。ここでは西部戦線の数例を挙げたにすぎないが、連合軍が甚大な被害を受けたガリポリでも、英連邦戦争墓地委員会は墓をつくり（長方形に立つ墓石ではなく、四角い平べったい墓石が使われている）、モニュメントを建てて管理維持を行っている。

フランスとドイツのモニュメント

国土が戦場になり、多くの村が完全に壊滅してしまったフランスでは、大戦に対する幻滅と憤りはいっそう大きく、戦後、死者（一四〇万人）を追悼するために多くの戦争記念碑（monument aux morts）が造られた。市役所や学校や公園や教会や通りや至るところが記念碑を建てる場所になった。アネット・ベケールによる詳細な「戦争記念碑」の研究書[13]や、実際に筆者が見たモニュメントを参考に、いくつかのフランスの例を書いてみよう。

図版 10　ヴェルダンの兵士像

フランス北東部の町ヴェルダンは、ドイツ軍とフランス軍との激戦（一九一六年二月—一二月）で大きな被害を受けた。それぞれ異なった武器を持った五人の兵士が胸壁の前に立って、ヴェルダンの町を今も守っているような彫像が町の入口にある（図版10）。ここにはヴェルダンの戦いで犠牲になった兵士と市民五〇〇〇人以上の名前が刻まれている。

この戦いで最も悲惨な出来事は、一九一六年六月一一日に、ドイツの巨大な砲弾がフランス軍のトレンチを破壊し、銃剣を構えの姿勢で持って突撃の合図を待っていた大勢のフランス兵が、砂のなだれに埋もれてしまったことである。銃剣の先だけが砂から突き出ていたという。戦後アメリカの篤志家がこの部分にコンクリートの屋根を造って保護し、ここ

図版11　フランス軍用墓地にある
磔刑像（高橋章夫氏撮影）

は「銃剣のトレンチ」と名づけられた。さらにこの近くのドゥオモンと呼ばれる所には、ヴェルダン各地の戦場で死んだ、身元不明のフランス人兵士のものと思われる遺骨を納めた納骨堂がある。真ん中に高い塔が立ち、左右に拡がる細長い納骨堂の小さい窓から、納められた遺骨が見える。ドイツ人の遺骨は近くの土の中に埋められているという。ここにはフランス最大のフランス人兵士の墓地が広がり、フランス国旗が翻り、十字架が整然と並んでいる。まさに「ネクロポリス」と呼ぶにふさわしい所である。かつての戦争にあったかもしれないロマンスも騎士道精神も、ヴェルダンで、ソンムで、完全に失われてしまった[14]。

ヴェルダンの北西アルゴンヌに「死者の峰」と呼ばれる山があって、この頂には国旗を身体に巻きつけて誇らしげに右手を挙げている骸骨の像がある。これは「ここを誰も通しはしない」という、戦争当時ヴェルダンでよく言われた言葉を図像化したものであるが、なぜ骸骨なのか。死してなお祖国を守ろうとする不屈の精神を表わそうとしているのだろうか。市内にはまた一六の彫像が並んだ「陸軍元帥の十字路」と呼ばれる一角がある（一九七一年設置）。このうち四つは、ファイヨールやガリエーニら第一次世界大戦の元帥の像である。フランスの場合は、他にも戦争司令官の像が建っているのを見たことがあるので、イギリスの場合と異なるようだ。
しかし、フランスにおいても中心は、「プワリュ」（「毛むくじゃら」の意）と呼ばれた一般の兵士の像である。死にゆく兵士、死んだ兵士、そして死んだ兵士を抱く女性像も多い。兵士の未亡人や母親や子供が嘆いている姿も、写実的、あるいはアレゴリカルに表現されていて各地で見られる。母親が死んだ息子を前に、右手を突出し、戦争を呪っている、あるいは敵を糾弾しているような像をベケールが紹介しているが、このような像はイギリスでは見られないのではないか。白い十字架が並ぶ、イープルのフランス軍用墓地（サン・シャルル・ド・ポティーズ）の入り口には、キリストの磔像に、死んだ兵士と嘆き悲しむ女性たちが彫られた不気味な黒い彫像がある（図版11）。これはブルターニュ地方に特有の野外に置く磔像で、第二次イープルの戦いでドイツ軍の毒ガスの犠牲になったブルターニュ出身の兵士を悼んで一九六八年に造られたものらしい。

図版 12　「喪に服す両親」

ベルギー西部の、二つのドイツ人墓地とそこに置かれた彫像について述べることにする。二万五〇〇〇人以上が眠る「ヴラドスロ軍用墓地」の奥には、一九三五年から、ケーテ・コルヴィッツの「喪に服す両親」の像が息子の墓のすぐ近くに置かれている（図版12）。志願して出征した息子の戦

図版 13　ランゲマルクのドイツ軍用墓地
（中央に並ぶのが「ゴシック・クロス」）

図版 14　「喪に服す兵士たち」

死からくる鬱症状と戦いながら、息子の死から一八年経ってようやく完成させた作品である。両膝をついて嘆く両親の像は、作者の感情を表現するために歪曲された表現主義的なもので、ただ息子の死を悼んでいるというよりは、死をどう受け止めるべきかと激しく葛藤をしているように思える。この像は、死者の顕彰や哀悼を越えて、戦争の悲惨さと反戦平和を訴えているのではないだろうか。第二次世界大戦の後、二つの敗戦を経験したドイツでは、「警告碑」「対抗的記念碑《カウンター・モニュメント》」（記念碑でありながら伝統的な記念碑であることを拒否し、戦争の栄光ではなく恐怖を強調し、反戦を訴える）が盛んになるが、コルヴィッツはこれを先取りしていると言えるかもしれない。[15] もう一つは、「ランゲマルク軍用墓地」（図版13）に一九五六年から置かれている、エミール・クリーガー制作の「喪に服す兵士たち」というブロンズ像である（図版14）。これは、クリーガーが一九一八年の新聞に載った写真にインスピレーションを得て造ったもので、墓の入り口を入ると、大きな緑色の樫の木が並ぶ奥に黒っぽい四人の立像が見える。埋葬されている四万人以上の兵士たちの護衛をするように立っている。簡素化された四人の像は見る者に強い印象を与えるが、兵士同士の友愛を物語るものであろうか。

国外の大戦墓地とは別に、ベルリンのノイケルン地区には、モスクとトルコ人墓地のすぐ隣に、国有の「コロンビアダム墓地」があって、普墺戦争、普仏戦争、第一次世界大戦で死んだ将兵が葬られている。コロンビアダムの兵舎に駐屯していた近衛連隊がここに墓や記念碑をつくったが、作家や哲学者や探検家等民間人の墓もある。大戦が始まるとすぐ連隊は動員されて激戦地各地で戦い、休戦条約締結後動員解除された。大戦の死者の墓の他に、ここにはいくつかモニュメントが建っている。忘れがたいのは、死んで旗布で全身を覆われながらも右手の拳を突き出した、第一次世界大戦の兵士の像である（図版15）。布の上には鉄兜と銃が置かれ、像の下には、「我々は、ドイツが生きるために死んだのだ、／だからお前たちの中に生きさせよ！」という碑文が刻まれている。[16] この記念碑は一九二五年に完成したものであるが、ベルギーの二つのドイツ軍墓地の彫像が伝えるメッセージとは何と隔たりがあるこ

図版15　コロンビアダムの兵士像

図版 16　ハルベの大戦記念碑

図版 17　「名誉の墓地」の男性像

とだろうか。ドイツには、男らしさや若さを強調し、犠牲と勇気を讃えた、しばしば裸体の兵士像が大戦後特に頻雑に現われたという（イギリスやフランスには半裸の兵士像はない[17]）。コルヴィッツのようなモダニスト的な像よりは、伝統的で保守的な像が一般には好まれて造られ続けたということであろう。しかし、第二次世界大戦の敗戦後は、軍国主義を賛美するようなモニュメントの多くは破壊され、軍国主義的内容の銘文は削除されることもあった[18]。「ランゲマルク軍用墓地」にあった「我ら死すともドイツは生きよ」という銘文は今はない。

ベルリン南方ハルベという小さな町には、ドイツ戦没者墓地維持国民同盟が管理する「森林墓地ハルベ」がある。ここは第二次世界大戦の末期に戦死したドイツ国防軍の兵士二万人以上が葬られた第二次世界大戦最大の墓地である。この一角には、ハルベから出征して第一次世界大戦で死んだ四〇人足らずの名前を刻んだ記念碑がある（図版16）。ドイツ北部北海に面したリューベックには、市立の「名誉の墓地」（図版17）が森の中にあって、リューベックやその近隣から二つの大戦に出兵した人々が眠っている。

注

（1）George L. Mosse, *Fallen Soldiers: Reshaping the Memory of the World Wars* (Oxford: Oxford UP, 1990), p. 3.

（2）吉武純夫『ギリシア悲劇と「美しい死」』は、アンティゴネの自殺は比喩的な「カロス・タナトス（模範的な戦死）」であると論じている。第六章参照。

（3）Jay Winter, *Sites of Memory, Sites of Mourning: The Great War in European Cultural History* (Cambridge: Cambridge UP, 1995), pp. 22–28の'Homecomings'の節に詳しい。Thomas W. Laqueur, 'Memory and Naming in the Great War' in John R. Gillis (ed.), *Commemorations: The Politics of National Identity* (Princeton: Princeton UP, 1994), p. 162.

（4）Mosse, p. 99.

（5）*Commonwealth War Graves Commission in the United Kingdom and Ireland*, *The Work of the Commonwealth War Graves Commission in Ireland*, CWGC発行冊子。

（6）CWGC Enquiries Support TeamのSarah Quinnからの詳しい情報による。

（7）http://phoenixpark.ie/wp-content/uploads/2017/08/Grangegorman-Military-Cemetery-Conservation-Management-Plan-2015.pdf

（8） Sergiusz Michalski, *Public Monuments : Art in Political Bondage 1870–1997* (London : Reaktion Books, 1998)

（9） 以下、フランスとドイツについては、Michalski 参照。一九九〇年代以降の記憶の歴史学を牽引したピエール・ノラ編『記憶の場——フランス国民意識の文化・社会史』谷川稔監訳　第三巻「模索」（岩波書店、二〇〇三年）の中の、ジューン・ハーグローヴ「パリの彫像」論に詳しい。

（10） Alex King, *Memorials of the Great War in Britain : The Symbolism and Politics of Remembrance* (Oxford : Berg, 1998), p. 135, p. 139.

（11） アイルランド島の第一次世界大戦のモニュメントは、ベルファストのセノタフ、ダブリンの国立戦争記念公園のもの以外、銘板状のものが多いようだ。「アイリッシュ・ウォー・メモリアル」をリスト・アップしたサイト http://www.irishwarmemorials.ie/Memorials?warId=1 には、北も南も含めてたくさんの例が挙がっている。筆者が見た兵士像はエニスキレン（北）である。

（12） Mosse, p. 90.

（13） Annette Becker, *Les Monuments aux morts : Mémoire de la Grande Guerre* (Paris : Éditions Errance, 1991)

（14） 「銃剣のトレンチ」「ドゥオモン」の記述については、Michalski, p. 81 参照。

（15） 南守夫「ドイツ統一と戦没者の追悼」季刊『戦争責任研究』第七号（一九九五年春季号）、三四頁。

（16） コロンビアダム墓地については、https://de.wikipedia.org/wiki/Friedhof_Columbiadamm, https://de.wikipedia.org/wiki/K%C3%B6nigin_Augusta_Garde-Grenadier-Regiment_Nr._4 参照。また、Stefan Gobel, *The Great War and Medieval Memory : War, Remembrance and Medievalism in Britain and Germany, 1914–1940* (Cambridge : Cambridge UP, 2007), p. 260 はこの像について触れていて、ウェル

ギリウスの『アエネーイス』第四巻、六二五行の「いつの日か復讐者がわが遺骸から立ち上がるように」という語句をわかりやすくドイツ語にしたものだという。また、この像が開幕した時に開かれていた、英・仏・独・伊・ベルギーの安全保障を決めるロカルノ条約に反する精神を、あえて表明していると述べている。

（17） Mosse, pp. 101–03.

（18） Mosse, p. 212.

第2章　なぜ戦場ツアーか？
――追悼、ゴシック、サブライム

一　巡礼か観光か？

ヴェラ・ブリテンと聖地への巡礼

第一次世界大戦のもう一つの「戦争文化」として、かつての戦場への巡礼もしくはツアーを取り上げる。戦後間もなく行われた遺族による慰霊の旅が観光化されていくところをまず見て行くことにする。

イギリスの作家ヴェラ・ブリテン（一八九三―一九七〇）は、大戦中篤志看護師として大陸に渡り負傷兵の看護に携わったが、その間、志願兵として出征した婚約者と友人と弟の三人が次々と戦死している。戦後十数年経ってから、『青春の遺言書――一九〇〇年から一九二五年に関する自伝的研究』という体験記を出版し、第一次世界大戦がどのように中産階級の一女性を変えたかを、いきいきと克明に描いた。これは決して特殊な体験を書きとめようとしたものではなく、市井の人が多かれ少なかれ共有する体験を現代史のひとコマとして刻みつけようとしたものである。出版された一九三三年という時期は、男性の戦争体験記が多く出版されたブーム（War Book Boom）に遅れること数年、従軍したロバート・グレイヴズやエドマンド・ブランデン、シーグフリード・サスーンらの体験記に触発されたことが書くきっかけになったようだ。[1] 大戦詩と異なり、大戦の体験記や小説の方はまとめるまでに一〇年ほどの期間を要したのである。

ヴェラ・ブリテンは、戦後間もない一九二一年九月に友人のウィニフレッド（後に作家となるウィニフレッド・ホウルトビー）に伴われて、まず弟のエドワードが埋められたイタリア北部の山岳地帯アジアーゴにある墓地グラネッツァを目指す。人里離れた戦場にある墓地とはいえ、場所をつきとめるのはそう難しくはないだろうと考え、そこへのツアーを企画してもらうつもりで二人はヴェニスのトマス・クック・アンド・サン社を訪れる。[2] ところが、あにはからんや、ツアーどころか、彼らはアジアーゴ・プラトーの正確な位置も、松林の中の小さな墓地の名前も知らなかった。帝国戦争墓地委員会に連絡して尋ねる時間もなく、結局クック社の提案により、近くの村のホテルの経営者に電報で問い合わせ、この人の好意でどうにか山中の墓地まで連れて行ってもらえ、無事にエドワードの墓を探しあてることができた。

道中では、崩れかけた塹壕や、岩に植物のようにからみつく鉄条網、山肌や道路に残る砲弾の穴を目にする。ほぼ一日車に乗ってようやく、鬱蒼たる森林の中、松の木におおわれた丘のふもと、岩に半ば隠れたところに六〇人が眠る墓地に着く。白い墓石も、うす暗がりの中では灰色と白色のプラトーに溶け込んで、見分けがつかないほどである。墓の周りは塀に囲まれ、墓地の真ん中を通る道の先には、「犠牲の十字架」が立ち、墓地はよく手入れされている。しかし、このような不気味な静けさの漂う山ふところに弟が葬られていることに「名状しがたい痛み」（五二六頁）をおぼえ、後ろ髪を引かれる思いでこの墓地を後にしたのであった。この後、フィレンツェ、シエナ、アッシジ、ローマ、パリを経て、アミアンに到着、そこから車でルーヴァンクールにある婚約者ローランドの墓を訪れる。ここは弟の墓とは対照的に、見通しのよい丘の頂にあり、墓の前の芝生の上に間隔を置いて花壇が並び、落ち着いた雰囲気につつまれていて、ブリテンは死後もなお彼らを分ける運命に思いを致すのである。

このような墓地への巡礼のエピソードが一二章から成る自伝の第一〇章「生存者お断り」に語られている。戦争の体験と記憶が生存者のその後に深い影響を及ぼしたことを伝えるエピソードとして重要な章ではあるが、本論ではあえて戦場ツアーの方に的を絞る。ここで注目したいのは、アミアンに着いた時の次のコメントである。

今日では、フランスの戦場ツアーは数々の代理店が企画している。団体で墓を訪れているし、花輪や写真や墓地についてお定まりの商売が確立している。しかし一九二一年は、ツアーもそのレベルまで文明化してはいなかった。それで、ウィニフレッドと私はアミアンで車を借りて、骸骨のような木のグロテスクな幹の間、砲弾で捻じ曲げられた道路を突き進んでいったのだ。葉をもぎ取られ、破壊された枝は、人間が人間と自然に対して行った無慈悲な残酷さに厳しく抗議するかのように、天を指差したままだった。（五三二頁）

「今日」というのは、この自伝を書いた一九二九年一一月から一九三三年三月の間をさすので、墓参りをした一九二一年九月の時点ではまだ旅行代理店による団体の戦場ツアーが普及してはいなかったようである。ただし、生い立ちを語った第一章に、二一歳になるまでにイングランド以外の生活に触れた数少ない体験として、「クック社によるルッツェルンへの旅行」を挙げている（三二頁）から、クック社のツアー自体はすでにポピュラーなものになっていたことは確かである。ブリテンが言うように、クック社による第一次世界大戦の戦場ツアーは本当にこの年代ではまだ普及していなかったのだろうか？

トマス・クックの戦場ツアー

一八四五年に庶民のための安いガイドつき団体旅行をイギリス国内で商売として始めたトマス・クックは（しかし、熱心な禁酒運動家であった彼は飲酒に代わる余暇の過ごし方として団体旅行を提案したのであって、このような社会改良家としての精神は終始変わることはなかったことに注目すべきである）、一八五五年パリ万国博を機にドーヴァー海峡を渡る初めての海外旅行を実施した。その後もスイス・イタリア旅行、ヨーロッパ一周旅行や北米旅行、エジプト・パレスティナ旅行、世界一周旅行を手がけている。クック自身は毎年行われるワーテルローの戦勝記念祝賀会をやめたいと思うほど戦争を好まなかったが、（人々の要望にこたえて、）二回目の海外旅行ではワーテルローの戦場に一行を連れていかないではおれなくなった。(3) 一八七九年からは、父親とのビジネス上の確執の末、息子のジョン・メイソンが経営を掌握する。彼は、それまでの『クックの団体客』に替わる『クックの旅行者新聞』を一九〇三年から発刊し、これは三九年まで続いている。この名称の変更は息子の経営方針の変更――つまり、「民主的旅行」から少数の上流階級に比重を置き直し、利益を優先するようになった――ことを示している。ボーア戦争が終わるはるか以前の一九〇〇年四月に、ボーア戦争の戦場へのツアーの広告を『クックの団体客』に出したので、『パンチ』誌は、銃声もやまないうちに戦場へやって来てピクニックをする観光客を皮肉る詩を掲載し、戦闘の邪魔になるので来るのをやめるようにという要請が南アフリカの高等弁務官から出されるほどであった。(4)それほど戦場の人気は高かったのである。

クック社は、第一次世界大戦が始まってもしばらくは世界各地へのツアーを続けたが、長期戦と総力戦になることが確実となり、翌年初めには、ほぼ全面的に中止にせざるをえなくなった。それでも戦場ツアーの問い合わせがあり、戦争が終わってからならともかく、戦争が続いている間は戦場見学ツアーを行わない、と宣言するに至る。ツアー広告の代わりに、志願した社員五八〇人の名前のリストを発表したほどだった。(5)戦争がビジネスに与えた痛手は大きかったが、戦争が終わるや戦場ツアーを手がけている。休戦の翌年の一九一九年八月の『クックの旅行者新聞』には、「ベルギーの都市と戦場」という記事を載せて、歴史的・芸術的に重要なベルギーの都市や、戦争で破壊されたばかりのイープルの惨状が絵入りで紹介されている。そのすぐ下にこれらの都市と戦場へのガイドつき旅行が二種類宣伝されている。一つ目は、豪華旅行で、毎土曜日にロンドンを出て一週間かけて各地をまわり、乗り物はすべて一等を利用し、車は専用のものを手配、高級ホテルに宿泊して、三五ギニーとある。もう一つは、安価な九・五ギニーのポピュラー・ツアーである。翌二〇年三月の同誌には、戦場へのイースター・ツアーとして、イープル、ルーヴァン、オステンド等のベルギー方面（八日間で三五ポンド）と、リール、アラス、バポーム、ペロンヌ等フランス方面（八日間で四三ポンド）と二ルートが宣伝されている（図版1）。三五ポンドは、二〇一七年の通貨高に換算して一万三〇〇〇ポンドあまりに相当し、一九二〇年の年間実質賃金は平均九一・二ポンドであるから、[6]大多数の者にとってはかなり捻出するのが難しい額であった。クック社は一九世紀終わりから世界各地にオフィスを持ち、『クックの旅行者新聞』は、アメリカ、フランス、極東、オーストラリアはじめ一二にも及ぶヴァージョンを、英語以外の言語でも出版していた。これらの月刊誌に加えて、「プログラム」と呼ばれた小冊子がイギリス人だけでなく、アメリカ、フランス、ドイツ等の観光客をターゲットにして発行されていた。[7]一九二〇年代には、『パリと戦場をどう見学するか』というプログラムが、詳しい道程表とドライヴ旅行案内を載せて、毎年のように英語とフランス語で出版されている。これらの資料から言えることは、ヴェラ・ブリテンが一九二一年に、戦場をめぐるパッケージ・ツアーが一般化していないと書いているにもかかわらず、戦後ただちに戦場ツアーは商業路線にのっていたということである。おそらく、アジアーゴ・プラトーやルーヴァンクールへのツアーが見あたらなかったというだけのことかもしれない。

18　THE TRAVELLER'S GAZETTE.　[MARCH, 1920

EASTER TOURS to the BATTLEFIELDS.

A SELECT ESCORTED PARTY

Leaves LONDON on Thursday, April 1st, 1920.

Visiting YPRES, ZEEBRUGGE, MALINES, LOUVAIN, OSTEND, BRUGES, GHENT, BRUSSELS and ANTWERP.

Inclusive Fare - - £35 First-class throughout.

Itinerary.

THURSDAY, APRIL 1ST.—Leave London (Victoria Station, S.E. & C.R.) at 8.45 a.m., via Dover for OSTEND.

GOOD FRIDAY, APRIL 2ND.—Automobile tour to ZEEBRUGGE and back. Afternoon to be spent in Ostend.

SATURDAY, APRIL 3RD.—Automobile tour to YPRES and back. The itinerary will be: St. Pierre Capelle, Schoorbakke, Pervyse, Ramscapelle, Nieuport, Furnes, YPRES, Hooge, Gheluvelt, Ypres, Zonnebeke, Passchendaele, Westroosbeke, Poelcapelle, through the Forest of Houthulst, Dixmude, Moere, and back to Ostend.

EASTER SUNDAY, APRIL 4TH.—Leave Ostend by rail for BRUGES. Carriage drive in Bruges. Leave Bruges by rail for GHENT. Carriage drive in Ghent. Leave Ghent by rail for BRUSSELS.

EASTER MONDAY, APRIL 5TH.—Automobile tour to ANTWERP, MALINES and LOUVAIN, back to Brussels.

TUESDAY, APRIL 6TH.—In the morning a carriage drive will be arranged for visiting the most interesting places in the city. The afternoon will be spent at leisure.

WEDNESDAY, APRIL 7TH.—Leave Brussels, via Ostend and Dover, for London.

What the Fare Provides:

1.—First Class travel tickets.

2.—Pullman-car seats in England.

3.—Superior hotel accommodation, consisting of plain breakfast, table d'hôte luncheon, table d'hôte dinner, bedroom, lights and service, commencing with luncheon on Thursday and terminating with dinner on the following Wednesday.

4.—Tour by private motor-car from Ostend to Zeebrugge and back, from Ostend to Ypres and the battlefields and back, and from Brussels to Antwerp, Malines, Louvain and back. Carriage drives at Bruges, Ghent and Brussels.

5.—Fees to hotel and railway servants and drivers of conveyances, and admission fees at all places of interest visited with the Courier.

6.—Omnibus, or other conveyance, to and from hotels while with our representative.

7.—Free conveyance of 66 lbs. of baggage.

8.—Services of a competent Courier, who will act as Interpreter, undertake the general supervision of the arrangements throughout, and relieve members of all trouble as to details.

Passports.—Each passenger requires a passport with Belgian *visa*.

Similar Parties will leave London every Saturday from April 10th.

A SELECT ESCORTED PARTY

Leaves LONDON on Thursday, April 1st, 1920.

For LILLE, ARMENTIERES, NEUVE CHAPELLE, LA BASSEE, LOOS, LENS, VIMY RIDGE, ARRAS, DOULLENS, AMIENS, ALBERT, BAPAUME, PERONNE, TRONES WOOD, DELVILLE WOOD, MAMETZ WOOD, also PARIS, VERSAILLES, Etc.

Inclusive Fare - - £43 First-class throughout.

Itinerary.

THURSDAY, APRIL 1ST.—Leave London (Victoria Station, S.E. & C.R.) at 11.0 a.m., via Dover and Calais, for LILLE.

GOOD FRIDAY, APRIL 2ND.—Automobile tour to AMIENS. The itinerary will be: Armentières, Neuve Chapelle, Vimy Ridge, La Bassée, Loos, Lens, Arras, and Doullens.

SATURDAY, APRIL 3RD.—Automobile tour from Amiens to the battlefields of the Somme, visiting Albert, Pozières, Le Sars, Warlencourt, Bapaume, Le Transloy, Peronne, Combles, Trones Wood, Delville Wood, and Mametz Wood.

EASTER SUNDAY, APRIL 4TH.—Morning to be spent at leisure, and proceed by afternoon train to Paris.

EASTER MONDAY, APRIL 5TH.—At Paris. Drive by private automobile to Versailles and back.

TUESDAY, APRIL 6TH.—At Paris. Drive by private automobile.

WEDNESDAY, APRIL 7TH.—Return to London via Calais and Dover.

What the Fare Provides:

1.—First Class travel tickets.

2.—Pullman-car seats in England.

3.—Superior hotel accommodation, consisting of plain breakfast, table d'hôte luncheon, table d'hôte dinner, bedroom, lights and service, commencing with luncheon on Thursday and terminating with dinner the following Wednesday.

4.—Tour by private automobile from Lille to the battlefields of Artois, Arras, and Amiens, from Amiens to the battlefields of the Somme and back, and from Paris to Versailles and back.

5.—Fees to hotel and railway servants and drivers of automobiles, etc., and admission fees at all places of interest visited with the Courier.

6.—Omnibus, or other conveyance, to and from hotels while with our representative.

7.—Free conveyance of 66 lbs. of baggage.

8.—Services of a competent Courier, who will act as Interpreter, undertake the general supervision of the arrangements throughout, and relieve members of all trouble as to details.

Passports.—Each passenger requires a passport with French *visa*.

Similar Parties will leave London every Saturday from April 10th.

NOTES RELATING TO THE ABOVE ESCORTED TOURS.

In the event of Thos. Cook & Son, in their discretion, considering it desirable to withdraw the parties, the full deposits paid shall be returned to the members, and, upon the tendering of the same, Thos. Cook & Son shall be free of all liability in respect of such parties. They also reserve the right to modify the Itineraries in any way they think desirable.

図版1　トマス・クックの『旅行者新聞』1910年3月

なぜ戦場へ行くのか？

筆者は、二〇〇八年三月に、リール市の観光局主催の土曜日の午後半日でイープル周辺をまわるバスツアーに参加したのが戦場ツアーの最初である。参加者はイギリス人、フランス人、ドイツ人ほか数名で、日本人は私だけだった。観光局のフランス人ガイドがフランス語なまりの英語で案内をしてくれ、ジョン・マクリーの詩「フランドルの野で」が刻まれた記念碑があるエセックス・ファーム墓地や、イギリス連邦の兵士が眠る最大の墓地タイン・コットや、小奇麗な観光地となったイープルの町を訪れた。その後、個人でまわったり、ツアーを利用したり、ガイドを雇って車で連れて行ってもらったりしながら、ソンム地方、フランドル地方、ヴェルダン、ベルリン、サラエボ、マルタ島、ガリポリと第一次世界大戦にちなむ所を見てまわった。

'battlefield tour' を検索エンジンにかけると、第一次世界大戦だけでも、無数の旅行社がよく似たツアーを「販売」していることがわかる。イギリスからだと、ロンドンをユーロ・スターで早朝に出発して、リールあたりを基点にミニバスで一週間くらいかけて戦場を巡るというコースが多い。大陸からでは、アルベールやリールやイープルを出発点として、フランドル地方やソンム地方の戦場をまわる英語のガイドつきツアー（半日、一日、三日、一週間……）が実にたくさんある。ガイドは軍事史・歴史に詳しいイギリス人やカナダ人が多く、参加者はイギリス、アメリカ、カナダ、オーストラリア、ニュージーランド等の国々に及ぶ。祖父が戦った地、葬られている地を訪れたいという人もいるだろうが、単に筆者のように、歴史的大事件の現場、それを記念する墓地やモニュメントを見たいという旅行者も多いに違いない。東部戦線へのツアーもあるようだが、私は行ったことがない。かつての戦場で何を見るかというと、軍用墓地、モニュメント、砲弾がつくった大きな穴（クレイター）、残された大砲・トレンチ・機関銃座《ピルボックス》、そして大小の博物館である。

ブリテンの自伝と、個人的な体験とを比較して、浮かび上がってくるのは、戦場ツアーが持つ、墓参りあるいは聖地への巡礼の側面と、観光旅行の側面である。また、これと関連して、なぜ戦場が旅の目的地として人々の関心をひきつけたのかという問題がある。十字軍やカンタベリー詣で、ルルドやコンポステラへの巡礼、あるいは四国八十八箇所遍路を思い出しても、旅と宗教との結びつきが強いことは明らかである。ロラン・バルトは「キリスト教はツーリズムの主たる提供者で、人は教会を訪れるために旅行する」(8)と述べているが、キリスト教に限ったことではない。戦場がなぜ聖化されたかというと、古来兵士の勇気や犠牲、団結、友愛、忠誠といった徳が称揚されてきたことと関係する。リンカーンのゲティスバーグの演説では、大義のために兵士が戦い倒れた地は「聖なる地」とされ、第一次世界大戦中には兵士をキリストになぞらえる言説やイメージがさかんに使われた。第一次世界大戦の大規模殺戮は、なおさら、恐怖や喪失を覆い隠し、戦争体験を意義あるものとして神話化する必要性を生んだ。戦後、国家をあげて「殉教者」の埋葬と哀悼の行事が行われ、墓地を訪れる人々は巡礼となる。しかし、誰でも利用できるわけではないトマス・クックの豪華旅行で戦場を訪れ、屍の上に建てられた高級ホテルに宿泊する人たちを巡礼と呼ぶことができるだろうか？　戦場へのツアーなのか、巡礼なのか、何が聖と俗とを分けることになるのだろうか？　少なくとも、戦争未亡人や孤児や親族が戦地を訪れるのは間違いなく巡礼と言えるだろう。チャーチ・アーミーや救世軍や聖バルナバ協会のような慈善団体は、補助金を出して、これらの人が墓地を訪れるのを援助していた。[9] 復員兵が戦いの地、戦友を亡くした地を再訪する場合も巡礼であろうが、実際には、再訪も退役軍人の同好会を組織することもそう活発ではなかったという説もある。[10] しかし、ヴェラ・ブリテンの例が示すように、戦争産業から巡礼を切り離すのは難しかったし、戦場は見世物と聖地とのせめぎあいの場でもあった。

今なお、第一次大戦だけではなく、さまざまな戦争の戦場へのガイドブックが書かれ、ツアーが実施されている。追悼あるいは記念・顕彰するため以外に、人々はなぜ戦場に引きつけられ、ツアーに参加するのであろうか、次節では、そのことを考えてみたい。

二　戦場ゴシック

観光化の予測

一九一八年二月『ネイション』誌に、フィリップ・ジョンストンなるイギリスの軍人が書いたとされる風刺詩「ハイ・ウッド」が掲載された。

紳士淑女の皆さん、これがハイ・ウッドですよ。
フランス人はフルノーの森と呼びますがね。
一九一六年の七、八、九月に、
長く激しい戦いがあった有名な場所です。

見晴らしのきく高みにありますからね。
立っている木も倒れた木もありますが、砲火が
加えた威力をご覧ください。ここには有刺鉄線があります。
このトレンチはもう何か月も人がいませんが、一二回も住み手が替わりました。
(すぐに崩れてくるでしょうから)後で墓として使われることになるでしょう。
信頼できる筋からの情報では、
この森の一角を取ろうと戦って、
どこか上の方で八〇〇〇人が殺されたということです。
そのほとんどがここに埋められています。
皆さまがお立ちのこの盛り土は……

奥様どうか、
お願いですから、歩兵中隊の所有物に触れたり、
お土産として持って帰ったり
しないでください。私たちは実にいろんなものを
売っているでしょう。みな保証つきです。
申し上げていましたように、戦争の時のままなのです。
これは名前不詳のイギリスの将校でして、
制服の上着は最近朽ちてしまいました。
どうぞついてきてください――こちらへ……

旦那様、歩道を通ってくださいよ。
お金をかけて固めた地面を
歩兵中隊は完全に手つかずの状態に保っていますよ。
そしてあの退避壕（本物です）では、
お飲み物を適正価格でお売りしています。
恐れ入りますが、紙やジンジャービールのびんやオレンジの皮を
そのへんに残さないでくださいね。
門のところにゴミ箱がありますから。

ハイ・ウッドはソンムにある丘で、ここにあったドイツ軍の砦を巡ってドイツ軍とイギリス軍との間で激しい戦闘が繰り広げられた所である。戦場ツアーを現代に広めたホウルト少佐夫妻の『ソンム・ポケット戦場ガイド』によれば、フィリップ・ジョンストンというのは、ソンムの戦いで負傷したジョン・スタンリー・ピューーヴィス中尉の偽名だという説が最も有力だそうで、二〇〇五年にはジョンストンが誰かについてチャットルームでかなりの論争があったという。[11]「大戦の遺産」というサイトを開いてみると、「西部戦線のツーリズム」というページがあって、戦闘の痕跡がそのまま残るこの丘に群がるフランス人観光客を写した一九一九年春の写真が載っている（図版2）。ジョンストンは早くも戦争中に、この地に観光客が詰めかけ、客商売が繁盛するであろうことを予感し想像していたのである。

図版２　ハイ・ウッドに群がるフランス人観光客
(http://www.greatwar.nl/frames/default-tourism.html)

この予想は独自の慧眼というよりは、それなりの背景があったから生まれたものである。戦争が終わるか終わらないうちに、その現場を見物したいという欲求が蔓延していたことは、次のような例からもうかがえる。戦場ツアーについておそらく最初の研究書を出版したデイヴィッド・L・ロイドは、いくつかその例を挙げている。一九一四年一二月の『ウォー・イラストレイティッド』誌は、草むらでドイツ軍の銃弾やその他の土産物を探しているフランスの大人や子供たちの写真を掲載し、いずれ戦場が夏の観光地になり、土産物産業がさかえるであろうというキャプションをつけている。また、イギリスの現役の兵士達も、早晩自分達のダッグ・アウトが観光地になるであろうことを予測して、トレンチ・ジャーナルに、キャラバンや鉄道で訪れる戦場ツアー広告を面白半分に出している。[12] 今も、ソンムの砂の入った小さな瓶（図版3）、ポピーをかたどったイアリング、戦車を描いたマグカップのような小物類から、薬莢やトレンチ・アートに至るまでお土産として売りに出されていて、戦場は観光化され、ますます戦場産業は繁栄を見せている。

戦場視察

イギリスで戦場訪問熱を生むきっかけになったものは何だったのだろうか。何人かの著名な作家が招かれて前線を視察し、その報告を冊子にして出版したことも原因の一つだろう。アーノルド・ベネットは、一九一五年六月に三週間にわたって西部戦線を視察し、同年『向こう——西部戦線の戦争シーン』を書き、生々しい戦闘の跡や疲弊した前線の兵士や連れてこられた捕虜の様子を仔細に報じている。その中で特におぞましいのは、ドイツ軍が見捨てたまま荒廃するにまかせた塹壕の描写である。

図版3　ポピーのブローチとソンムの砂とカードのお土産

> これらの塹壕の惨めさといったらなかった。それは、破壊されたどの村の惨めさをもしのぎ、前線で目にした何より恐ろしい光景だった。それに身の毛のよだつような戦争の残骸の中から時折何とも言えぬにおいが立ち上ってくるのだった。……　塹壕の横から一本の足が突き出ているのが見えた。われわれはこんなにおいを一杯嗅いだし、こんな足を一杯見た。どの足も見事な足で、きちんと足元を整えていて、靴底に鋲を打ちつけた新品同様の長靴を履いていた。どの足も人間の足で、人間の身体にくっついていて、身体の向こう側にはおそらく土

にめり込んだ顔があるのだろう。[13]

差し迫った仕事があったせいだろうか、埋葬の途中でフランス軍はドイツ人の死体を放置して立ち去ったらしい。腐敗しかけたグロテスクな死体の描写は、サミュエル・ハインズの言う「戦場ゴシック」という用語が正しいことを納得させる。[14]ハインズは、戦争はリアリズムでは表すことができず、「戦場ゴシック」というヴィジョンでしか表せないと述べている。

ベネットが戦線を視察したのは、開戦とともにロンドンに設立された、秘密の「戦争プロパガンダ局」に召集された作家たちの一人だったからである。「戦争プロパガンダ局」は、ドイツのプロパガンダに対抗して、連合国側に同情を集めるようなパンフレットや本を書かせるために、二五人の作家達を集めていた。一九一五年の春頃までには、政府からのお定まりの戦況報道に国民は不満を持つようになっていたので、国民に戦争の実態を伝えるために「戦争プロパガンダ局」は前線に作家達を派遣して、その報告を書かせたのだった。と言っても、個人や連隊や場所が特定できるような情報は盛り込まず、政府や軍を批判せず、連合軍の努力や目的を賛美するという条件つきであった。[15]ベネット以外に、コナン・ドイルは「戦争プロパガンダ局」から、イギリス、フランス、イタリアの三つの戦線を視察する機会を与えられて、『一九一六年六月、三つの戦線を訪ねて』という報告を書いている。また、H・G・ウェルズは一九一六年の視察を基に、『戦争と未来――戦時下のイタリア、フランス、イギリス』（一九一七）というノンフィクションを書いている。ほかにキップリングやヒレアー・ベロックやジョン・ゴールズワージーのような作家たちが招かれて視察に行った。

ベネットは、戦争プロパガンダ局がこの仕事に最もふさわしいと考えた作家であったが、戦場の現実を見てショックを受け、後で病気になるほどであったらしい[16]。これらの体験記がはたして志願を促すのに役立ったかどうかはわからないが、前線の様子は最新の情報として銃後の人々の興味を引きつけたであろうし、本は戦場に行く人へのガイド・ブックのような働きをしたことが想像される。ベネットは『向こう――西部戦線の戦争シーン』で、戦後間もなくイープルが世界の名所の一つになり、ホテルが建ち、ガイドやツアー客が鉄道駅に群がり、廃墟地図が作られ、禍を展示して荒稼ぎをする者が出てくることを見抜いている[17]。それが戦後一〇〇年経った今も続いていることまでは予想していなかったかもしれないが……。ウェルズは前線で弾薬工場を視察して、砕け散った砲弾がお土産として旅行客に押しつけられる様子を想像している[18]。視察した彼らはいずれ戦線が観光客の殺到する場になるであろうことを的確に予測していた。

おそらく、戦場のガイド・ブックになるようにとの意図を持って書かれた最初の本は、ジョン・メイスフィールドの『旧き前線[19]』（一九一七）であろう。彼は看護兵としてフランスの病院で働いていたが、プロパガンダ局は軍務についている作家もこの情宣活動に利用したのだった[20]。ソンムの戦いが終わる前にこの地を訪問したメイスフィールドは、地理を詳しく紹介し、アミアンと前線の間にあるアルベールを出発点として旅するようにとの実際的なアドバイスをしている（七八頁）ほか、父親や夫や兄弟を亡くした人達がいつか彼らが埋葬されている地を訪れる時のために、戦争中のソンムがどんなであったかのイメージがつかめるように（「戦争の頃にどんなだったかは、そこにいなかった人にはわからない」）この案内を書いたと述べている（九一頁）。しかし、この戦場を訪れるのが、肉親や親しい人を亡くした人達だけでないことも予期していた。

私達がいなくなってしまってから、おそらく、イギリス人の観光客がやって来て、ピカルディを歩き回り、小屋に刻まれた名前、ドアにつけられた何かのしるし、みちしるべや、何列か並んだ墓を見つけたり、そこに住む人の唇に英語のスラングを聞いたりすることだろう。それは、ずっと以前の戦争の時、イギリス人がそこにいた頃、その人がまだ子供の時におぼえたものだったのだ。（八七頁）

メイスフィールドは抑制のきいた詩的な文章で、過去のものとなってしまった災禍を旅行者が回顧する場景を描いていて、団体ツアー客への諧謔は感じられない。少なくとも、これらの前線体験記録は、戦場を知らない人々に現実を知らしめると同時に、巡礼もしくは商業的ツアーの可能性を見越していたと言える。

戦場フィーバー

他のメディアも戦場フィーバーを掻き立てた。戦争が終結する前から鉄道会社や数々の旅行会社が戦場へのツアーを募り、終戦後はさらにエスカレートしていった。愛する人の倒れた地を訪ねることは重要な追悼の儀式の一部であったが、ツアーという商業路線と無縁ではありえなかった。「解放されたベルギー、戦場を訪問しよう」という大戦後ベルギーの鉄道会社が発行したポスターでは、双眼鏡を持ちハイヒールを履いた若い女性が兵士（の亡霊）に案内されて、建物が焼け落ち、煙のくすぶるかつての戦場を眺めている。[21] 入隊を呼びかけるポスターですら旅行のメタファーが使われていた。一九一八年八月南アフリカで出された「スプリングボック大陸ツアー」のポスターには、「世界の大スペクタクルを見るこのチャンスを逃すな」とあり、「予約は最寄りの入隊募集所へ」とあるのを見ない限り、ツアー客の募集としか思えない。[22]「世の中を見よう」という威勢のいい言葉は「旅をしよう」の同意語として使われ、「入隊して（ただで）世の中を見よう」というキャッチ・フレーズは第二次世界大戦のポスターでもよく見かけられた。死者に敬意を表するために戦場へ向かう人達も当然多かったであろうが、惨状がまだ残っているうちに現場を見たいという「病的な興味を満足させる」ために出かけて行く「ヴァンダル」「グール」[23]のような連中も少なくはなかったようである。この欲求は、今もよくある「幽霊ツアー」や「殺人現場ツアー」のような災難の現場を訪ねるツアーを支えている欲求と同類のものであろう。かくて、聖なるものが俗なるものに格下げされる「卑小化」[24]が起こる。あるいは、墓地がレジャー・スポット（ペール・ラ・シェーズ墓地、あるいはグラスネヴィン墓地もそうか？）やツーリスト・アトラクションとなり、アイスクリーム売りのワゴン車や土産物屋がそろって「記号の再ラベル化」が起こることになるのである。[25]

こうした傾向はイギリスに限らず、世界各地で見られる現象である。ただ、大戦中減少していた、[26] 大陸へ渡るイギリス人旅行者は戦後すぐに戦前の数を取り戻し、二〇年代には倍増しているし、二〇〇四年にソンムの新しいビジター・センターを訪れたイギリス人観光客はフランス人の二倍であったという報告もある。[27] どうやら好奇心旺盛なイギリス人観光客にとって、刺激あふれる戦場は格好の目的地であったようだ。一九世紀にはすでに、戦場への旅行の妥当性について議論され、特にまだ戦闘の余韻のさめやらぬ時期に訪れることは、残酷さと紙一重の興奮を求める欲望を満足させることになるとの批判がなされていたという。[28] ワーテルローや南アフリカまで旅するイギリス人は、マス・ツーリズムが始まるはるか前から存在していた。次節では、そういうイギリス人のステレオタイプについて考える。

三　戦場のイギリス人観光客

一七世紀から一八世紀

イギリス人観光客の姿は一八世紀の終わり頃までにすでに世界各地で見かけられた。最初に産業革命が起こったイギリスは、その経済力のおかげで、他の大陸諸国に先駆けてレジャーのための旅行に人々を送り出していた。[29] たとえば、ゲーテの『ファウスト』第二部第二幕ワルプルギスの夜のシーンで、メフィストテレスは「イギリス人はここにいるかね、彼らはよく旅行をして、／古戦場をたずねたり、滝だの、崩れた石壁だの、／由緒ある陰気な場所だのをさがしまわるが、／ここなどもあいつらがたずねるのに格好なところだ。」と揶揄している。古戦場のようなおどろおどろしい場所を好むイギリス人の趣味もドイツ人にはお馴染みのものであったようだ。一七世紀以来イギリス人貴族の子弟は、召使や家庭教師等を引き連れて、フランスもしくはドイツ、スイスを経て最終目的地イタリアに渡り、芸術を鑑賞し古典の教養を高め、ついでに性的修行までもちゃっかりしてくるというグランド・ツアーに熱心であった。追いはぎに会う危険を冒し、数々の不便をしのぎながらも、教育を完成させるのに外国旅行ほどふさわしいものはないと考えられていた。「旅」(travel) はその語源にある意味「苦労」(travail) を伴うものであったのだ。一九世紀になって、鉄道、汽船、道路等のインフラ構造が整い、ガイドつきの安い団体旅行が商品として手に入るようになってから、旅は一部の金持ちのものではなく、一般庶民にまでレジャーとして普及するようになった。旅のさまざまなリスクは保険や旅行者小切手の導入によって軽減され、世界標準時の採用によって、ますます旅行は便利になっていった。'tourism' (= traveling for pleasure) が最初に使われたのは、OEDによれば、一八一一年である。この語は、普通、ガイドに案内されてお決まりのコースを巡回してまわる受身の旅行という軽蔑的なニュアンスを伴う。グランド・ツアーに苦労がつきものであっても「ツアー」と呼ばれた由縁は、定まったルートを通り、ガイドをやとって案内させる型にはまったものであったからだろう。そもそも観光のためのツアーを発明したのはイギリスであり、イギリス人の旅行熱は自他共に認めるものであった。

大陸への旅が本格的に始まったのは、スペインやオランダ、フランスとの戦いが一段落した一八世紀初めからだった。グランド・ツアーの最盛期は一八世紀である。ヨーロッパ以外では、探検や博物学的調査、あるいは奴隷貿易のためにアフリカやカリブ海へ出て行くことが活発化する。国内にも関心が向けられて、一七〇七年にスコットランドとの合同法が成立し、ダニエル・デフォーがブリテン島を商業や資源の面から調査する旅行をして、初めての地誌的イギリス旅行記を出す

（一七二四年）。一八世紀半ばには、七年戦争のために、イギリス人が大陸に渡れなくなったことや、ウィリアム・ギルピンがスコットランド高地地方や湖水地方やワイ川渓谷にピクチャレスクな風景を発見したことにより、国内観光旅行もさかんになった。ナポレオン戦争の影響で一七九五年から一八一五年まで完全に大陸への旅は封鎖されたが、再び大陸への旅行が可能になると、息せき切って人々はたとえばナポレオンが敗れたベルギーの寒村ワーテルローに詰めかけた。

ワーテルロー来訪

作家で銀行家のシャーロット・アン・イートン（一七八八―一八五九）は、一八一五年七月一五日、ナポレオン軍がウェリントン公爵に敗れてからほぼひと月後に、弟と妹と共に、死と荒廃の痕のなまなましいこの戦場を訪れている。その体験を書いた『一八一五年の戦闘中のベルギー滞在記、及びワーテルローの戦場訪問記、イギリス人女性による』（一八一七）という紀行文の序文によれば、この本の一番の長所は戦争の「現在」を書いていることだと自負している。ワーテルローの戦いや戦場のこと（「これらの輝かしい出来事」と呼んでいる）は、もっと才能のある作家たちが巧みに描いているけれど、彼らはこの記念すべき地を後になって訪れた「巡礼」にすぎないのであると。(30)

恐怖をものともせず、生き生きとした戦場の描写が続く。粘土の奥深く突っ込んだ馬のひづめや人間の足の跡が太陽の光を浴びて固まった戦場に散乱しているのは、帽子、靴、手袋、ベルト、刀の鞘、雑嚢、『カンディード』、登録名簿、ラブレター、洗濯代の請求書、軍歌の楽譜といったフランス兵の持ち物だった。丘の上にある「ラ・ベル・アリアンス」と呼ばれる農場は、ナポレオン・ボナパルトが敗北する日に指揮本部を置いていた所で、そこでは、何と、「よろい、ヘルメット、刀、銃剣、羽、真鍮の鷲、レジオンドヌール勲章」が売りに出されていた。戦場はすでにツアー客のアトラクション・スポットと化していたのである。が、筆者はそれに驚いたふうもなく、先に進んで行く。

麦畑の中に何か記念にとっておくようなものがないかと捜して、残りの一行の後でうろうろしているうちに、ほとんど骸骨になった人間の手が、まるで墓から起き上がってきたかのように、地面の上に伸びているのを見つけた。私の血は恐怖で凍りつき、しばらくはその場にくぎづけになってしまい、この恐ろしい物から目を離すことも、立ち去ることもできなかった……[31]

「戦場ゴシック」に驚きはしても、戦争の名残りを記念として持ち帰ることに何ら疑念をおぼえてはいない。どうやら、イギリス人の戦場訪問熱は記念品の購買欲とあわせて大陸でも周知の事実だったようだ。こうした典型的なイギリス人観光客に抜け目なくつけこむ商魂たくましい人々も存在していたことは、次の例を見てもわかる。

ウォルター・スコットも、一八一五年八月九日にワーテルローの戦場を訪れ、この時の体験をもとに『親類にあてたポールの手紙』というフィクショナルな旅行記を書いている。戦争終結後ふた月とたたないのに、「現代最大の事件が起こった名高い戦場[32]」にはイギリスから数多の観光客が押し寄せていて、すでに数多の旅行記が出ているから、古臭い話をして読者を退屈させてはいけないと断っているくらいである。この地の貧しい住民も心得たもので、ナポレオンが戦闘前夜に寝たベッドを見せるのと引き換えに、キャバレーの女主人がコーヒーに三倍の値段をふっかけたり、観光客を見るや大人や子供が刀や銃やピストルケースを掲げて駆け寄って来たりするさまが描かれている。しかし、これも結局はイギリス人がやたらと戦場に繰り出してくるせいなのだと考える。

実を言えば、正直なフランドルの人達は、イギリス人観光客がこの古典的な場所へ巡礼に訪れる熱心さと情熱が、最初は全く理解できずに当惑していたのだった。彼らの国は長い間軍事作戦が繰り広げられた場であり、そのことに住民自身はあまり個人的な関心を払ってはいないのである。彼らにとっては、戦って勝利した戦争というのは忘れられた戦争であり、農民は軍隊が彼の土地を去って行った後、いつもの労働を再開するだけのことなのだ。戦いは通り過ぎてしまった激しい雷雨のようなもので、戦いのことを思い出すことにも興味がないのである。(33)

だから、ベルギーの農民たちは、イギリス人が大挙して戦場へと押しかけて来るわけがわからないのである。イギリス人が戦争のほとぼりがさめぬ戦場に来たがる理由の一つに、近代になってからの戦争はイギリス本国で戦われていないということもあるだろう。ナポレオン戦争、クリミア戦争、ボーア戦争みな大きな戦争は海外であり、イギリス海軍がイギリスの軍隊の中でも、一五四六年という早い時期に設立されていたこともこれと関係する。

ゴシック趣味

他国の人には異常と思えるほど、戦場を好んで訪れるイギリス人の感性は、廃墟や人工洞窟《グロットウ》や墓地を好むゴシック趣味につながるものではないだろうか。[34] 屹立し野趣に富みかつロマンチックなアルプスの山岳を初めて目にしたグランド・ツアリストは、イギリスにはない手つかずの壮大な自然に魅了され、古典的美の対極にある「崇高」な美を体験していた。この山岳体験が国内の自然を見る時にも反映され、ギルピンのいう「ピクチャレスク」に影響を与えていった。一七、八世紀において軽蔑的な呼称でしかなかった「ゴシック」も、新しい自然観の発見の結果、古典主義の規範にはない不規則と多様性を持つ美として再評価されるようになる。[35] ゴシック小説とは、ピクチャレスクな風景の文学版であると言えるのだ。先に引用した、ベネットとイートンの死体の描写は、まるでゴシック小説から抜き出した一こまのように思える。

「ピクチャレスク」は一八世紀にさかんに使われた言葉で、ＯＥＤによれば初出は一七〇三年、「絵のような要素をもつ……が、最高度の美や崇高を含意はしない」と定義されている。「絵のような要素」とはどのようなものか、この定義だけではわからないが、ギルピンがティンタン・アビーの廃墟を描いて、遺物は「規則性を壊すのに十分破壊されている」[36]が、一帯にごつごつとした残骸がもっと散らばっていたら「もっとピクチャレスクだっただろうに」と言っていることから、この独特の美的感覚は推し量られる。廃墟の描写の後に、物乞いをして暮らす付近の住民の惨めな様子と、修道士の書斎があった所を見せてやろうと現れる老婆のことが語られる。老婆が二本の棒を頼りに麻痺した足を引きずりながら連れて行ったのは、壊れた回廊で、露の垂れた不潔な跡がついた二枚の壁の間を自分の家にしている所だった。「嫌な」(loathsome)、「悲惨な」(wretched)、「哀れな」(miserable)といった形容詞が多用され、僧院、闇、不気味さといった恐怖装置がそろっている。老婆は荒涼たる廃墟の一部となっていて、これを見る／読む者に与える恐怖の感覚はバーク的「崇高」に包摂されるものではないかと思われる。

エドマンド・バークが一七五七年に『崇高と美の観念の起源についての哲学的探求』を出版して以来、「崇高」は「美」と対立する概念となった。「美」は小さくて、なめらか、繊細で、「崇高」は大きくて、荒々しく、ごつごつしている。「美」は「プレジャー」から拠ってきたるが、「崇高」は「痛み」(pain)からくる。死や危機に際した時の「痛み」や「恐怖」(terror)は、人間の自己保存さえ脅かす最も強い感情である。次に引き起こされるのは「驚き」(astonishment)であり、「驚き」を感じるとすべての感情は中止状態になってしまう。「驚き」と比べると、「感嘆」(admiration)や「畏怖」(reverence)は劣った感情である。「痛み」が軽減または除去された時に入り込む感情は、「プレジャー」ではなく「ディライト」である。「ディライト」とは、「プレジャー」のように単純な快感ではなく、「痛み」や「恐怖」が自分に降りかかったものではないことに胸をなでおろす屈折した安堵感を指す。ホラー映画を見る時と同じ感覚である。恐怖を誘発するアルプスの大自然は、自然に対するイギリス人の感受性を変容させ、古典的な美の概念の対極にある「崇高」という特異な美意識を生んだ。美に対する崇高の優越は、男性性の勝利をも比喩的に含意する。バークやカントの「崇高」論は、ジンメルやラスキンによって読み直され、さらに昨今リオタールによって、ポストモダン美学・政治学における「表象不可能なもの」と関連付けて論議されるようになっている。[37] アヴァン・ギャルド芸術は古典的な美の概念では表象できないものを表象しようとする試みであり、ホロコーストや原爆、テロのような「非人間的なもの」は表象することができない。そのような表象不可能なものが「崇高」である。凄惨な戦場の光景は、信じられないほどセンセイショナルであればあるほど、「崇高」である。ヴェラ・ブリテンが戦場を車で通るときに見た「骸骨のような木のグロテスクな幹」「葉をもぎ取られ、破壊された枝」をさらしているゴシック的風景も、崇高から「滑稽」に転落するぎりぎりの新しい美のカテゴリーに属すると言えよう。「栄光」や「名誉」といった抽象的な言葉が意味をなさなくなった第一次世界大戦は、代わりに「崇高」という想像することも表象することもできないものを生み出した。

巡礼であれ、観光であれ、近代以降戦場訪問がポピュラーになってきた原因の一つには、戦争体験を忌まわしい過去として葬るのではなく、犠牲と愛国の記憶に変形させて永久保存しようとする、戦争認識の変化がある。戦争は墓地や戦争モニュメントや戦没者記念行事により、慰藉され顕彰されるべき対象となった。[38] しかし、そのような一般化や、リオタールに代表されるようなポストモダンの「崇高」論は、その元にあったイギリス一八世紀の、いかにもイギリスらしい矛盾に満ちた美的感覚を覆い隠してしまう。イギリス人の戦場ツアーブーム、とりわけ休戦後間もない戦場訪問には、追悼は別として、センセイションを求めるゴシック趣味が見え隠れしているように思えてならない。

注

（1） ヴェラ・ブリテンについては、拙著『ナイチンゲールの末裔たち――〈看護から読みなおす第一次世界大戦〉』（岩波書店、二〇一四年）第二章を参照されたい。

（2） Vera Brittain, *Testament of Youth : An Autobiographical Study of the Years 1900–1925* (1933; London : Virago, 1978), p. 522. 続くこの本からの引用は、本文中に頁数で示す。

（3） Piers Brendon, *Thomas Cook : 150 Years of Popular Tourism* (London : Secker & Warburg, 1991), p. 69. 'The Waterloo Anniversary' in *Cook's Exhibition Herald and Excursion Advertiser*, No. 3 (June 21, 1851)

（4） David W. Lloyd, *Battlefield Tourism : Pilgrimage and the Commemoration of the Great War in Britain, Australia and Canada, 1919–1939* (Oxford : Berg, 1998), p. 21.

（5） Brendon, pp. 255–56.

（6） 'Purchasing Power of British Pounds from 1264 to Present' https://www.measuringworth.com/calculators/ppoweruk/及び、Chris Cook & John Stevenson, *The Longman Handbook of Modern British History 1714–2001* (London : Longman, 2001), p. 255.

（7） Thomas Cook Archive の文書係 Paul Smith 氏からの情報に基づく。なお、Archive 所蔵の資料の提供は Paul Smith 氏と谷口武氏による。感謝して付す。

Thomas Cook Archives 所蔵

Cook's Exhibition Herald and Excursion Advertiser, No. 3, June 21, 1851

The Traveller's Gazette, August 1919, March 1920

Comment voir Paris et les champs de bataille, juillet 1920

How to See Paris and the Battlefields, 1922

Comment voir Paris : ses environs et les champs de bataille, 1928

（8） Roland Barthes, *Mythologies* (New York : Hill and Wang, 1972), p. 75.

（9） Lloyd, pp. 35–36. George L. Mosse, *Fallen Soldiers : Reshaping the Memory of the World Wars* (New York : Oxford UP, 1990), p. 152.

（10） Lloyd, pp. 37–38. 戦争の日々を一刻も早く忘れたいと望む復員兵がいる一方で、かけがえのない体験として肯定的にとらえようとする者もいた。cf. Mosse, p. 6.

（11） Tonie & Valmai Holt, *Major & Mrs Holt's Pocket Battlefield Guide to the Somme 1916/1918* (Barnsley : Pen & Sword Books, 2006), p.9. 詩の引用は p. 6 より。

（12） Lloyd, p. 23.

（13） Arnold Benett, *Over There : War Scenes on the Western Front* (1915; The Echo Library, 2005), p. 38. 続くこの本からの引用は、本文中に頁数で示す。

（14） Samuel Hynes, *The Soldiers' Tale : Bearing Witness to Modern War* (NY : Penguin Books, 1997), p. 26.

（15） Peter Buitenhuis, *The Great War of Words : Literature as Propaganda 1914–1918 and After* (London : B.T.Batsford, 1989), pp. 79–80.

（16） Buitenhuis, p. 80.

（17） Benett, p. 55.

（18） H. G. Wells, *War and the Future : Italy, France and Britain at War* (1917; The Echo Library), p. 53.

（19） John Masefield, *The Old Front Line* (1917; Pen & Sword Books, 2003) 続くこの本からの引用は、本文中に頁数で示す。

(20) Buitenhuis, p. 80. 他には、軍務についていた作家、歴史家のジョン・バカンがこの仕事に携わり、戦史の執筆をしている。

(21) Imperial War Museum (London) 所蔵ポスター (IWM PST 3951) https://www.iwm.org.uk/collections/item/object/24589

(22) Imperial War Museum (London) 所蔵ポスター (IWM PST 12334) https://www.iwm.org.uk/collections/item/object/30944

(23) Lloyd, p. 29, p. 41.

(24) Mosse, p.152.

(25) Tobias Döring, 'Traveling in Transience : The Semiotics of Necro-Tourism' in Hartmut Berghoff et.al. (eds.) *The Making of Modern Tourism : The Cultural History of the British Experience, 1600–2000* (Basingstoke : Palgrave Macmillan, 2002), pp. 256–67.

(26) Lloyd, p. 29.

(27) Holt, p. 8.

(28) Lloyd, p. 21.

(29) Hartmut Berghoff & Barbara Korte, 'Britain and the Making of Modern Tourism : An Interdisciplinary Approach' in Berghoff et.al. (eds.), p. 2. 後述の『ファウスト』の一節の指摘も同書同頁より。日本語訳は、相良守峯訳（岩波書店、一九五八年)。

(30) Chrlotte Anne Eaton, *Narrative of a Residence in Belgium during the Campaign of 1815; and of a Visit to the Field of Waterloo, by an Englishwoman* (London : John Murray, 1817), pp. v–vi.

(31) Eaton, p. 285.

(32) Walter Scott, *Paul's Letter to his Kinsfolk* (Edinburgh : James Ballantyne, 1816), p. 202. (Letter IX)

(33) Scott, p. 203.

(34) ドイツ人は第一次世界大戦の戦場や墓地がかつての敵国にあったため、訪問に遅れをとり、大挙してやって来た時には、ぞくぞく身震いするような戦場の光景は想像するしかなかったことをMosseは指摘している。フランス人も戦場への巡礼／観光に訪れているし、流血の戦場を観光向けアトラクションに変容させたのは、単にイギリス人のためだったと断定できるわけではない。Mosse, p. 113, p. 154.

(35) フィリップ・P・ウィーナー編『西洋思想大事典』2（平凡社、一九九〇年）「ゴシックの概念」二〇八頁。

(36) William Gilpin, *Observations on the River Wye, and Several Parts of South Wales, etc., Relative Chiefly to Picturesque Beauty; made in the Summer of 1770* (1782), p. 139.

(37) 'Answering the Question : What Is Postmodernism?' in Jean-François Lyotard, *The Postmodern Condition : A Report on Knowledge* (Minneapolis : U of Minnesota P., 1979). Jean-François Lyotard, *Lessons on the Analytic of the Sublime : Kant's Critique of Judgment* (Stanford : Stanford UP, 1994) J-F. リオタール『非人間的なもの——時間についての講話』篠原資明他訳（法政大学出版局、二〇〇二年）等。

(38) 筆者は未読であるが、大戦間にアイルランドからも戦場への訪問が活発であったことを、Catherine Switzer, *Ulster, Ireland and the Somme : War Memorials and Battlefield Pilgrimages* (Dublin : History Pr., 2013) が述べている。第三六アルスター師団が戦ったソンムのシープヴァルにはアルスター・メモリアル・タワーが、第一六アイリッシュ師団が戦ったソンムのギルモントにはケルト十字架のメモリアルが、マケドニアには第一〇アイリッシュ師団を記念する同様のケルト十字架が建っている。

本論で言及・引用・参照した文献は、注に挙げたもの以外、以下のものがある。

Sir Arthur Conan Doyle, *A Visit to Three Fronts, June 1916* (1916; Dodo Press)

Elizabeth A. Bohls & Ian Duncan (ed.), *Travel Writing 1700–1830 : An Anthology* (Oxford UP, 2005)

Edmund Burke, *A Philosophical Enquiry into the Origin of our Ideas of the Sublime and Beautiful* (1757; Oxford UP, 1990)

おわりに

「祖国のために死ぬことは美しくかつ誉れなり」という言説は、古代から出陣する人にエールを送り、戦いを厭う若者に檄を飛ばすのに使われた。「愛国心」（パトリオティズム）という言葉をつきつめて行くと、「祖国のための死」を厭わぬ「犠牲」の論理を内包していることがわかる。[1] 第一次世界大戦が起きた時のイギリスでも、愛国心を喚起することで志願が呼びかけられた。「王と国のために戦え」「イギリスの名誉のために立ち上がれ」は、好戦的愛国主義の喧伝に盛んに使われた言い回しである。ソンムの戦いを経て、戦争が終局を迎えた頃にオーウェンが書いた反戦のメッセージを持つ詩（出版は戦後）は、その後イギリスの学校教育で教えられるようになり、戦争詩は反戦詩というのが普通の理解となった。アイルランド共和国では、「祖国のための死」が異なったニュアンスを持っていたことは、第二部で論じた通りである。

しかし戦後、祖国のために死んだ人々を「顕彰する」（英語では'commemorate'「儀式や祭典によって、記憶を共有する」）時には、反戦的メッセージは影をひそめ、犠牲を払った人々の栄誉が讃えられる。休戦後すぐに「平和デー」が、その後には「休戦記念日」が設けられ、モニュメントの建築ラッシュが続いた。サミュエル・ハインズは、これを「モニュメント・メイキング」と呼び、生き残った人々のために必要なことであったと述べている。戦死者が無駄に死んだのではなく、喜んで自分たちのために犠牲になったこと、そしてそれを後悔してはいないことをモニュメントが保証する役目を果たしたのである。(2) ロレンス・ビニオン(一八六九—一九四三)が大戦初期にイギリス軍の苦戦を聞いて書いた「倒れし者たちへ」という詩がある。一九一四年九月二一日の『タイムズ』に掲載されたこの詩は、戦死者の犠牲を讃える紙碑と言える。

彼らは老いることはない、我ら残された者が老いるようには。
老齢が彼らを疲れさせることもないし、年月が彼らを見離すこともない。
日が沈む時にも朝にも
我々は彼らを思い出すのだ。

七節から成る詩のこの四節めは、一一月の休戦記念日には、イギリスや旧英連邦諸国で決まって暗唱される、有名な一節である。

イギリスやフランスのような戦勝国では、「モニュメント・メイキング」による死者の顕彰と生者の慰藉が続けられても問題はなかった。しかし、敗戦国ドイツでは、「モニュメント・メイキング」が異なったニュアンスを持ったことをモッセが指摘している。戦死者崇拝は、新たな緊急性を帯びて国家の再生に利用される野蛮化の道を辿ることになったのである。(3) 死んでも握り拳をあげた兵士の像や(二二三頁)、たくましい半裸の兵士像(二二四頁)は、大戦後のドイツがまた新たな戦争に向かって進むことを暗示していたのかもしれない。

日英同盟を口実に連合国側にたって強引に参戦した日本はどうであっただろうか？　英仏独の払った犠牲とは比べようもなく、むしろ大戦によって日本の利権拡大をはかろうとしたことで海外から非難を浴びながらも、国際社会へ出て行く足場を築こうとしていた。その一つが、一九二〇年四月に「日本国際連盟協会」を発足させたことである。これは、一九二〇年一月の国際連盟の発足に先立って、欧米各国の団体が「国際連盟協会」として団結し始めたことにならったものである[4]。国際連盟の精神を達成、伝達することを目標とし、軍備縮小促進運動や平和思想普及のための活動を行ったが、その中には、休戦記念日を「平和デー」とし、毎年協会主催の平和記念大会を開催することも含まれていた。「平和デー」の祝賀は一九二〇年代を通じてあり、平和記念東京博覧会が一九二二年三月から七月にかけて上野公園で催され、文化国家のイメージを強調して、西欧各国にアピールしようとした。皇太子裕仁親王（昭和天皇）が一九二一年三月三日から約半年にわたって欧州を歴訪し、その際英国王ジョージ五世の勧めにより、イープル、ヴェルダン、ソンム等の戦場を視察したことも時流に乗ったことであった。

大正時代（一九一二—二六）は「平和文化」と「新しい日本」の幕開けとなったにもかかわらず、日本はその後ドイツと同じように第二次世界大戦へと突き進んでいくことになる。

注

（1）「愛国心」と「ナショナリズム」については、日本でも戦後さまざまな論議がなされている。海老坂武『戦争文化と愛国心　非戦を考える』（みすず書房、二〇一八年）を参照されたい。また、戦争と「犠牲」については、高橋哲哉『国家と犠牲』（日本放送出版協会、二〇〇五年）が論じている。

（2） Samuel Hynes, *A War Imagined : The First World War and English Culture* (London : Bodley Head, 1990), pp. 269-70.

（3） George L. Mosse, *Fallen Soldiers : Reshaping the Memory of the World Wars* (Oxford : Oxford UP, 1994), p. 106.

（4） 山室信一『憲法9条の思想水脈』（朝日新聞出版、二〇〇七年）、二一三―一七頁。

あとがき

なぜ戦争のことばかりやるのか、と若い英文学研究者から聞かれたことがある。お墓が並んでいるかつての戦場へ行ってつらくないのか、と。何でも私は「戦争の人」ということになっているらしい。この問いかけを機会になぜ大戦文学をやるのかをあらためて考えてみた。

もともと、モダニズム文学、特にT・S・エリオットの詩の研究からスタートし、アイルランドの詩人W・B・イェイツやアイルランド（文学）にも興味をおぼえるようになった。一九九七年のイェイツ協会のシンポジウム「第一次世界大戦、死、そしてロバート・グレゴリー」で発表の機会を与えられたことが、大戦と関係させて文学研究を始めるきっかけとなった。それまで歴史的なコンテキストをあまり気にかけず、テクスト中心の研究をしてきたが（当時は批評理論の時代まっさかり）、「第一次世界大戦」が二人の詩人に与えた意味の大きさがようやくわかり始めたのだ。エリオットの長編詩『荒地』には、第一次世界大戦が色濃く影を落としているし、イェイツは、第一次世界大戦についての詩を書くことを拒否し、大戦を扱った詩や劇のいくつかを批判している。二人とも、従軍して戦場をじかに体験してはいない。彼らにとって大戦とは何だったのだろうか。また実戦を経験した詩人たちにとっては？　第一次世界大戦は、ヨーロッパにおいて大戦以前と以後とを決定的に断絶させてしまい、文学においても文化においても大きな変化をもたらした。そのことを作品からだけではなく、実際に自分の足で歩いて確かめてみたいと思ったのが、戦争墓地を尋ねるようになったきっかけである。ある作家を研究している人が、その生まれ故郷やゆかりのある地を訪れたいと思うのと同じような動機からにすぎない。しかし、広島の原爆ドームのような大きな災厄の場を直接自分の目で見ることは、言葉で表現された記憶を読むこと以上にはるかに胸に迫りくる経験である。「大地の声がささやいている」（マグリーヴィー）場にたたずむことは、遠く離れた人々の哀しみや喪失感に向き合いそのいくばくかを共有できるように思われる。均一の墓石がはてしなく並ぶ英連邦の明るい庭園墓地や、うっそうとした樫の木の陰にゴシック・クロスがところどころに並ぶドイツ軍墓地を見た時の衝撃を忘れることはできない。ひるがえって日本のことを考えてみれば、たとえば、旧真田山陸軍墓地の劣化ぶりと、保存会に維持管理がまかされている現状との間の落差を感じないではいられない。

本書は、休戦から一〇〇年めにあたる二〇一八年に、大戦関係の本の最後の三冊めとして刊行したいと思っていた。ところが、オーウェンの「祖国のために死ぬことは美しくかつ誉れなり」の出典にさかのぼって、古典語も読めないのにギリシャ文学やラテン文学の研究書に頼って古代文学をかじり、また戦争詩の歴史にまで踏み込んでしまった結果、予定より一年遅れてしまった。英文学を専門にしている研究者以外の一般の教養ある読者にも読んでいただきたいと思って書き始めたが、研究論文のように注が多くなり、その反面解説めいたところも多くなっている。審美的な文学性を問題にするのではなく、詩人の置かれた立場から作品を読み（その意味では古典的な作家批評になるかもしれない）、歴史や文化の中に文学を置いてみたかった。つまり、筆者の意図は、第一次世界大戦の詩を古代からの戦争文学の歴史の中に置き、イギリスとアイルランドにおける大戦のとらえ方と大戦について書かれた詩とを比較し、さらに大戦後の死者の顕彰と追悼の文化を比較しながら提示することであった。各部に通底しているのは、「祖国のために死ぬこと」という今も現実味を失っていない言葉である。

元号が「令和」に決まったことから出典となった万葉集が注目されているが、万葉集は国民詩として「愛国」のイデオロギーを植えつけるために「先の大戦」で利用された歌もあるという。「愛国」や「祖国のために死ぬこと」の喧伝は軍国主義に利用される可能性を常に秘めている。日本では第二次世界大戦（アジア太平洋戦争）の方がはるかに大きな意味をもつが、ヨーロッパでは圧倒的に第一次世界大戦である。オーウェンが戦死の美化を否定した後で何が語られただろうか。第一次世界大戦についてはあれほど饒舌に語られたのに、第二次世界大戦では（少なくともイギリスにおいて）戦争詩はあまり書かれず、詩人達はむしろ沈黙するようになった。

この本を最後に第一次世界大戦については私も沈黙するつもりである。もしまだ体力と思考力が残されているとすれば、戦争以外のこともやってみたいと思う。そして願わくは「平和の人」と言われるようになりたいものだ。せっせとかつての戦場に足を運んだのは、いつ行けなくなるかしれないという不安があったからかもしれない。

幸い、イェイツ研究者で平和のための発信を続けておられる、広島大学・広島市立大学名誉教授の藤本黎時先生のご紹介で、人文・社会科学系の学術書から一般書まで幅広く出版されている広島の溪水社にお願いすることができた。溪水社社長の木村逸司氏には大変お世話になった。この本を完成させることができたのは、お二人のおかげである。校正にあたっては、木村社長と宇津宮沙紀編集委員の周到かつ的確な助言の数々にどれだけ助けられたかわからない。心からの感謝の意を表したい。

奇しくも、広島はベルギーのイープルと同じく科学兵器の犠牲になった都市で、長崎を含めて三市は友好関係を保っている。昨年、大戦終結一〇〇周年には、イープルで「ヒロシマ・ナガサキ原爆展」が催され、被爆の体験が伝えられたと聞く。日本の側も第一次世界大戦とはどんな戦争であり、どのように第二次世界大戦につながっていったのか、もっと知る努力をしなければいけないだろう。

最後になったが、表紙の赤いポピーと白百合のアクリル画は、新しい手法で独創的な表現を追究している「おとくに絵画集団GA」主催者の山形敏彦氏のご厚情により描いていただいた。それぞれ西部戦線と復活祭蜂起とを象徴する花である。快くお引き受けいただいた氏にあつくお礼を申し上げる。

本書は書下ろしであるが、次の二つの章については既に発表した論文に基いている。

第一部第3章は、日本英文学会第八六回全国大会シンポジア（二〇一四年五月二四日、於北海道大学）「戦争と文学の軌跡　ナポレオン戦争から第一次世界大戦まで」における口頭発表に基づいて、『英文學研究』支部統合号（第九巻）（日本英文学会、二〇一七年号）に発表した同名の論文に加筆訂正をしたものである。

第三部第2章は、『英米文学の可能性――玉井暲教授退職記念論文集――』（英宝社、二〇一〇）掲載の同名の論文に加筆訂正をしたものである。

また、本書の図版に使った写真は、特に断っているもの以外は筆者の撮影による。

二〇一九年　八月盛夏　ロンドン、タヴィストック・スクエアにある、

広島の原爆の犠牲者のために植樹された桜の木を思い出しつつ

荒木映子

索　引

ア行

カ行

サ行

タ行

ナ行

ハ行

マ行

ラ行

ワ行

【著者】

荒木　映子（あらき　えいこ）

1950年生まれ。英文学、表現文化学。名古屋大学大学院文学研究科博士後期課程満期退学。元大阪市立大学大学院文学研究科教授。博士（文学）。著書に『文芸批評を学ぶ人のために』(共編、世界思想社、1994年)、『生と死のレトリック──自己を書くエリオットとイェイツ』(英宝社、1996年)、『第一次世界大戦とモダニズム──数の衝撃』(世界思想社、2008年)、『ナイチンゲールの末裔たち──〈看護〉から読みなおす第一次世界大戦』(岩波書店、2014年)。訳書にジョナサン・カラー『文学理論』(共訳、岩波書店、2003年)。

祖国のために死ぬこと
第一次世界大戦の〈英国〉の文学と文化

令和元年10月１日発行

著　者　荒木　映子

発行所　株式会社　溪水社
広島市中区小町1-4　(〒730-0041)
電話 082-246-7909　FAX 082-246-7876
e-mail：info@keisui.co.jp

ISBN978-4-86327-486-0　C1022